Weihnachten im Hause Luther

Susanne Nitsch

Bibliografische Information der Deutschen Nationalbibliothek:
Die Deutsche Nationalbibliothek verzeichnet diese Publikation in
der Deutschen Nationalbibliographie, detaillierte bibliografische
Daten sind im Internet über www.dnb.de abrufbar.

Herstellung und Verlag:

BoD – Books on Demand, Norderstedt
ISBN: 9783755735854
© 2021
Umschlagsgestaltung: Susanne Nitsch

Weihnachten im Hause Luther

*Ich wünsche Ihnen ein frohes und gesegnetes Weihnachtsfest
sowie alles erdenklich Gute und Gesundheit
für die kommende Zeit.*

Meine lieben ehrsamen und andächtigen Damen und Herren, da es meinem Eheherrn Martinus Luther nicht gelingt, mich, sein Weib Katharina oder „Herrn Käthe", wie er mich gerne nennt, zum Schweigen zu bringen, obwohl sich das Sprechen vor Leuten für ein Weib nicht geziemt, möchte ich Euch von den Weihnachtsfesten in mittelalterlichen und in unseren reformatorischen Zeiten berichten. Die Weihnachtszeit ist einfach wunderbar, und die Vorfreude auf die Ankunft unseres geliebten Herrn Jesus Christus ist wohl zu allen Zeiten gleich geblieben.

Weihnachten gehört neben Ostern und Pfingsten zu den drei wichtigsten Festen im Jahr. Das Wort Weihnachten leitet sich vom mittelhochdeutschen „zewihen naht" ab, was „geweihte, heilige Nacht" bedeutet. Mit dem Advent, was „Ankunft" bedeutet, beginnt das Kirchenjahr.

Wann Jesus geboren wurde, weiß natürlich niemand. Kein Mensch hat das Datum festgehalten. Also legte man Seinen Geburtstag auf den 25. Dezember, den Geburtstag des unbesiegbaren Sonnengottes. Schon ab dem Jahre des Herrn 336 wurde Weihnachten an diesem Datum gefeiert. Das Geburtsdatum des Sonnengottes war gut gewählt, denn Jesus ist für uns das Licht der Welt, so steht es schon bei Johannes 8, 12: „Ich bin das Licht der Welt. Wer Mir nachfolgt, der wird nicht wandeln in der Finsternis, sondern wird das Licht des Lebens haben". Schon, dass Seine Geburt durch einen Stern angezeigt wurde, zeigt Sein Licht und Seine Bedeutung. Der Stern von Bethlehem nicht nur der Wegweiser zum Jesuskind, sondern auch eine Verbindung zwischen Himmel und Erde. In der Bibel steht, dass Jesus als „das wahre Licht, das jeden Menschen erleuchtet, in die Welt gekommen ist" (Johannes 1, 9). Am Ende der Zeit, wenn Jesus Christus zurück auf die Erde kommt, ist die Finsternis überwunden, dann wird Gott uns die Tränen abwischen, und der Tod wird nicht mehr sein, noch Leid noch Geschrei noch Schmerz wird mehr sein, denn das Erste ist vergangen. So steht es in der Offenbarung. Damit ist Weihnachten weit mehr als die Erinnerung an Jesu Geburt. Es ist ein Versprechen, dass der Tod überwunden wird und wir bei Gott, der uns liebt, eine bleibende Stätte finden werden.

Liebe ist der zentrale Mittelpunkt des Christentums. Es heißt ja, man erkenne einen Muslim am Glauben, einen Juden an der Hoffnung und einen Christen an der Liebe. In der Bibel im 1. Korinther 13, 13 heißt es „Glaube, Liebe, Hoffnung, diese drei – aber die Liebe ist die größte unter ihnen“. Gott liebt uns so sehr, dass Er uns nahe sein und uns erlösen möchte. Er erniedrigt sich, macht sich klein und hilflos, indem Er als Kind auf die Welt kommt. Deswegen ist Weihnachten das Fest der Liebe und der Versöhnung.

Maria mit dem Jesuskind

Zu meiner Zeit feiert man Weihnachten freilich völlig anders als Ihr heute. So viel Weihnachtsdekoration, so viele Geschenke und Naschereien gibt es bei uns nicht. Weihnachten ist ein christliches Fest, das mit viel kirchlichem Aufwand gefeiert wird, mit Fasten, Gebet und Gottesdiensten. Erst mit meinem Gemahl Martin Luther wurde Weihnachten zu einem Familienfest. Vieles aus unserer Zeit hat sich bis heute erhalten – zum Beispiel sind damals wie heute Weihrauch und Gerüche nach Pfeffernüssen und dem Weihnachtsessen eng mit Weihnachten verbunden.

Natürlich haben sich die Weihnachtsfeierlichkeiten im Laufe der Jahre sehr verändert. Im sechsten Jahrhundert in Rom dauerte die Adventszeit sechs Sonntage lang, aber dann hat Papst Gregor I. sie auf vier Sonntage verkürzt. In dieser Zeit sollen sich die Menschen auf die Menschwerdung Christi vorbereiten. In der Adventszeit beginnt auch das neue Kirchenjahr. Das Wort „Advent" bedeutet Ankunft, und das hat für uns gleich zwei Bedeutungen: Jesus ist zu uns Menschen auf die Welt gekommen, und Er wird wiederkommen.

Heute ist die Adventszeit die hektischste Zeit im Jahr: Geschenke besorgen, Plätzchen backen, Wohnung dekorieren, Weihnachtskarten schreiben, Weihnachtsfeiern, Weihnachtsessen vorbereiten und vieles mehr. Meist müssen berufliche Projekt bis Weihnachten zu Ende gebracht werden, da viele Berufstätige bis ins nächste Jahr Urlaub nehmen und dann bereits ein neues Jahr begonnen hat.
Dafür hatten wir wohl mehr Gebräuche, wie Ihr sie heute kaum noch kennt. Zum Beispiel waschen wir „zwischen den Jahren", also zwischen Weihnachten und Silvester, keine Wäsche, dieser Brauch hat sich noch bis spät ins 20. Jahrhundert gehalten. Oder wir heben von dem Fisch, den wir zum Heiligen Abend gegessen haben, eine Schuppe auf und

tragen sie in unserer Geldkatze mit uns herum, damit uns nie die Münzen ausgehen. Kennt Ihr das auch noch?

Zunächst möchte ich Euch berichten, wie wir Weihnachten vor der Reformation gefeiert haben:
Vor Weihnachten wird bei uns streng gefastet. Am Martinstag, dem elften November, was ja auch der Tag ist, dem mein Gemahl durch seine Taufe seinen Vornamen verdankt, gibt es das beliebte und traditionelle Martinsgansessen. Natürlich ist es kein Zufall, dass wir ausgerechnet eine Gans essen, denn dieser Brauch entstammt einer Legende. Als der Heilige Martin, der sich durch äußerste Bescheidenheit und Zurückhaltung auszeichnete, erfuhr, dass er zum Bischof gewählt werden sollte, versteckte er sich in einem Gänsestall, um sich der Wahl nicht stellen zu müssen. Doch die Gänse wunderten sich wohl über den ungebetenen Gast in ihrem Stall und machten ihrem Unmut durch lautes Geschnattere Luft.

Die Martinsgans

Dadurch wurden die Bürger auf den Stall aufmerksam, schauten nach – und fanden Martin, der dann zum Bischof

gewählt wurde. Seither wurden an jedem 6. Dezember Gänse
geschlachtet und gegessen.

Sehr beliebt waren auch die Martinsumzüge mit Laternen.
Lichterprozessionen wurden oft am Vorabend von hohen
Festen veranstaltet, sehr zur Freude der Bevölkerung.

Danach beginnt das vierzigtägige Adventsfasten, das erst mit
dem Dreikönigstag endet. Nur an den Wochenenden und an
den Festtagen darf gut gegessen werden. Es ist ja kein Ge-
heimnis, dass mein Gemahl Martinus gerne und reichlich
isst. Am liebsten mag er kalte Erbsen mit Senf und Hering,
aber meiner Küche spricht er sowieso immer gut und reichlich zu. Mit dem vielen Essen will er die schwarze Melancho-
lica, die ihn manchmal befällt, vertreiben. Aber zurück zum
Martinstag: An diesem Tag endet das Wirtschaftsjahr. Die
Ernte ist eingebracht, und der Herrschaft und der Kirche
müssen die Abgaben entrichtet werden. Auch die Dienst-,
Pacht- und Zinsverhältnisse beginnen und enden zu Martini.
An diesem Tag sollen die Familien Gans essen und – soweit es
die finanziellen Möglichkeiten zuließen – Wein oder Met
kaufen. Den ersten Wein des Jahrgangs nannte man Mar-
tinsminne.

Mein Martinus liebt fröhliche Feiern, aber er predigt auch
scharf gegen die Trunkenheit. Zu unserer Zeit nennt man das
Nikolaus-Singen noch Heischegänge. Wer Martinslieder
singt, erhält dafür Lebensmittel, manchmal auch etwas
Branntwein oder Bier. Hat man genügend Gutes gesammelt,
setzt man sich zu einem fröhlichen Gelage zusammen und ißt
und trinkt und ist guten Mutes.

Die jungen ledigen Mädchen treffen sich in Spinnstuben,
denn bis Fastnacht muss alles Flachs versponnen sein. Gele-

gentlich dürfen sich die jungen Burschen dazusetzen und den Geschichten und Sagen, die beim Spinnen erzählt werden, lauschen.

Mittelalterliches Spinnen mit der Handspindel

In der dunklen eisigen Zeit erzählt man sich auch gerne unheimliche Geschichten von bösen Geistern und anderen heidnischen Gestalten. Ängstlich lauschen wir nach draußen, ob wir das Wilde Heer herannahen hören oder ob der getreue Eckart kommt und die Menschen warnt, ihre Häuser nicht zu verlassen, um nicht von Wilden Jäger ergriffen zu werden. Tote Kinder, die eines gewaltsamen Todes gestorben waren, gehören zum Wilden Heer, und Frau Holle treibt ihr arges Unwesen. Zum Beispiel ist sie dafür verantwortlich, wie viel Schnee im Winter fällt, denn je heftiger sie ihre Betten ausschüttelt, desto mehr Schnee gibt es auf der Erde. Im Frühjahr wandelt sie aber auch über die Felder und Wiesen und segnet die Natur. Dadurch erwachen alle Pflanzen und Blumen und beginnen zu wachsen und zu blühen. Eine Pflanze ist ihr geweiht, und zwar der Holunder. Viele glauben, dass der Holunder der Frau Holle seinen Namen verdankt, aber im Althochdeutschen bedeutet „Holun" heilig, günstig oder gnädig, und das Wort „Tar" bedeutet Baum oder Strauch. Aber wehe den Eltern, die ihren Kindern eine Wiege aus Holunder bauen, denn diese Kinder werden von Frau Holle geraubt.

Frau Holle ist den Menschen auch behilflich. Sie soll eine gute Spinnerin und Weberin sein und den Menschen ihre Fertigkeiten gelehrt haben, daher gilt sie als Schirmherrin über die Spinnerinnen und Weber. Manches Mal schenkt sie den Menschen auch Kuchen, Blumen oder Obst und sie hilft besonders den Mädchen und Frauen, indem sie ihnen „so manches gute Jahr" wünscht und sie macht sie gesund und fruchtbar. Vielen gilt Frau Holle als Bringerin der Kinder. In Gotha in Thüringen gibt es eine unendlich tiefe Quelle, wo Frau Holle die noch ungeborenen Gothaer Kinder hütet und auf sie aufpasst, bis ihre Zeit zu ihrer Geburt gekommen ist. Aber sie führt auch die Seelen der ungetauften verstorbenen Kinder mit sich, daher ist es besser, Kinder möglichst schnell taufen zu lassen. Man weiß ja nie. Aber Frau Holle sitzt nicht nur in dieser unendlich tiefen Quelle, sondern auch im Erdinnern und herrscht über die Schätze, die dort verborgen sind.

In der Zeit der Raunächte, also zwischen dem 21. Dezember und dem 3. Januar, steigt sie hinauf und schaut nach, wer fleißig und wer faul war. Sie erscheint in der Gestalt der Muhme Mählen, einer alten und hilflosen Frau und bittet die Menschen und Essen und Obdach. Aber das dient nur zur Prüfung ihrer Seelen. Die Hilfsbereiten werden belohnt, aber die Geizigen und Hartherzigen werden bestraft. Besonders hart hatte es den Bauern des Honighofes bei Wickenrode in Hessen getroffen. Er schlug seine Tochter, weil sie Frau Holle einen kühlen Trunk und eine Mahlzeit gereicht hatte, und er hetzte seine Hunde auf Frau Holle, um sie zu verjagen. Das nahm Frau Holle nicht hin. Sie sandte ein Feuer auf den Hof, das alles vernichtete. Der Bauer und sein Sohn starben in den Flammen, nur die Tochter kam unbeschadet davon.

Martinus kämpfte später gegen diesen Aberglauben an und erklärte, der Wilde Jäger sei der heidnische Gott Odin und Frau Holle eigentlich die Göttin Frigg, und nur der Glaube an Jesus Christus sei der einzig wahre Glaube.

Unsere Zeit ist aber nun einmal nicht so aufgeklärt wie die Eurige, sie ist geprägt von Aberglauben, Geistern und Spuk. Unsere Welt ist bevölkert mit Bergmännlein, Wassergeistern und anderen Naturgeistern. Wir glauben an Hexen und Zauberinnen, und wir glauben, dass missgebildete Kinder Wechselbälger sind, was bedeutet, dass unsere gesunden Kinder geraubt und gegen Missgeburten ausgetauscht wurden. Diese Wechselbälger durften ruhig ertränkt oder anderweitig getötet werden.

So fürchten wir uns alle zum Beispiel vor der sündigen Nonne, die an der Brücke in unserer Nähe umhergeht. Das kam so: Als die Elbbrücke 1488 zerbrach, beauftragte der Kurfürst die Zimmerleute, die Brücke wieder aufzubauen. Die Zimmerleute glaubten jedoch einem Mönch, der ihnen erzählte, dass etwas Lebendiges am Brückenpfahl eingegraben werden müsse, damit die Brücke auch hält und kein Unglück geschieht. Der Mönch wolle ihnen etwas Lebendiges bringen, dass sie eingraben können. Und tatsächlich kam der Mönch mit einem Wagen angefahren. Neben ihm saß eine Nonne mit einem Kind auf dem Arm, die sündige Frucht einer gemeinsamen wollüstigen Nacht. Die Nonne übergab den Zimmerleuten das Kind, das sie dann wirklich am Brückenpfahl lebendig vergruben. Nach einiger Zeit kam wieder eine Flut, und die neue Brücke hielt ihr tatsächlich stand. Vermutlich hat einer der Zimmerleute damit angegeben, welcher Heldentat die Brücke ihre Standfestigkeit verdankte, und dies kam dem Kurfürsten zu Ohren. Er ließ die Zimmerleute zum Tod durch Rädern verurteilen. Das ist ein denkbar grausames und langwieriges Sterben. Man bringt die Delinquenten auf ein Schafott und bindet sie auf dem Boden fest, mit einigen scharfkantigen Hölzern unter ihrem Körper. Zuerst bricht man ihnen die Beine. Der Scharfrichter lässt dazu das Richtrad, das meist eine eiserne Kante hat, auf die Beine fallen und bricht dem Bedauernswerten so die Knochen. Erst die Unterschenkel, dann die Knie, die Oberschenkel, bis hinauf zu den Armen. Hatte der Verurteilte Glück im Unglück, so gab es auch einen Gnadenstoß auf seinen Hals oder das Herz. Waren alle Knochen gebrochen, wurde der Todeskandidat in ein anderes Rad geflochten, das heißt seine Glieder wurden ober- und unterhalb der Speichen hindurchgewunden und oft festgebunden. Dann befestigte man das Rad an einem Pfahl und richtete es hoch auf. Mit viel Glück zerschmetterte man dem Delinquenten seinen Brustkorb und beschleunigte damit seinen Tod. Manche wurde auch enthauptet oder erdrosselt. Wollte man das Opfer weiter quälen, entfachte man ein Feuer unter dem Rad, und der Sterbende konnte sich nicht einmal vor Schmerzen winden. Nur wenn er noch lebend vom Rad fiel oder irgendetwas an der Hinrichtung nicht klappte, konnte er begnadigt werden, weil man glaubte, dass Gott die Hinrichtung verhindert hatte. Wir nennen das Gottesurteil. Aber im besten Falle überlebte man eine solche Tortur nur schwerstverletzt und verbrachte seine restliche Lebenszeit in Armut, Jammer und Elend mit furchtbaren Schmerzen. Die meisten starben an ihren Verletzungen. Lief alles korrekt mit der Hinrichtung, trat der Tod nach einigen Tagen ein. Allerdings gab es auch dann keine Gnade. Sie wurden nicht – wie man denken könnte – vom Rad genommen und beerdigt, sondern verblieben auf dem Rad, verwesten und wurden von Tieren angefressen. Das ist wesentlich grausamer, als Ihr Euch vorstellen könnt, denn unbeerdigte Tote können nach unserem Glauben nicht auferstehen. Zurück zu unserer Geschichte mit der Nonne. Als dem Kurfürsten klar wurde, dass die Männer jedoch ihrem Aberglauben zum Opfer gefallen waren, begnadigte er sie zum Tod durch Enthaupten. Die Nonne jedoch erschien in jeder Vollmondnacht um Mitternacht und weinte um ihr totes Kind. Ihre Trauer und ihr Gram waren grenzenlos, und so munkelte man, dass sie anderen Leid und Unglück brächte, um ihr eigenes Herzweh zu mindern. So solle man sich hüten, ihr zu begegnen.

Die Adventszeit ist Bußzeit, die Fastengebote sind streng einzuhalten. Fleisch, Eier und Milchprodukte sind verboten, das heißt, wir essen Mehlspeisen, die ohne Butter, Milch und Eier zubereitet werden, sowie Gemüse und Fisch. Zu den Wassertieren gehören auch Biber, Fischotter und Wasservögel, die sich von Fischen ernähren. Notfalls kann man auch mal ein Schwein ertränken, das zählt dann auch als Wassertier. Die Fastenzeit zog mancherlei Einschränkungen nach sich; so würde es Pech bringen, wenn ein Mann um eine Braut werben oder gar Hochzeit feiern würde. Auch Umzüge sind nicht zu empfehlen. Will man dem Scharfrichter nicht in die Hände fallen, dürfen die Betten nicht abgezogen werden. Natürlich dürfen auch die kleinen Kinder während der Fastenzeit nicht von der Mutterbrust entwöhnt werden, denn sonst müssten sie verhungern. Erst im Alter von sieben Jahren sind Kinder zum Fasten verpflichtet. Der Verzicht auf Butter fiel vielen Menschen schwer. Im Jahre 1480 schrieben Kurfürst Ernst und sein Bruder Herzog Albrecht von Sachsen an Papst Innozenz VIII. einen Brief. Ihnen schmeckte der Weihnachtsstollen, den man mit Rüböl backte, nicht, und sie baten um Erlaubnis, Butter verwenden zu dürfen. Der Papst hatte Verständnis dafür, und – geschäftstüchtig wie er war – verkaufte er die so genannten Butterbriefe, in denen er den Fürsten erlaubte, „dass ihr, eure Weiber, Söhne und Töchter und alle eure wahren Diener und Hausgesinde der Butter anstatt des Öles ohne einige Pön (Geldbuße) frei und ziemlich gebrauchen möget". Natürlich war so ein Butterbrief teuer. Ein päpstliches Dekret aus dem Jahre 1491 bestimmte, dass für das Stollenbacken der zwanzigste Teil eines Goldguldens für den Dombau in Freiburg zu zahlen sei. Und wo man schon mal so schön dabei war, verfeinerte man die Christstollen auch gleich noch mit Rosinen und anderen leckeren Zutaten, die heute noch traditionell verwendet werden.

Auch mein Martinus verschmäht den Christstollen nicht. Er befürwortet zwar das Fasten und sagt: „Fasten und leiblich sich bereiten ist wohl eine feine äußerliche Zucht". Aber er liebt das Schmausen und Feiern und langt mit bestem Gewissen zu, wenn der butterige Stollen auf dem Tische steht – ohne Ablass dafür zu zahlen.

Der nächste wichtige Feiertag nach St. Martin war der Nikolaustag. Der Bischof Nikolaus von Myra lebte um 330 in Kleinasien. Auf Wunsch seines Vaters schlug er eine Militärlaufbahn ein, jedoch wurde er damit nicht glücklich, denn die Lehre von Jesus Christus hatte ihn überzeugt. Vor einem Kampf gegen die Germanen lehnte Martin seine Teilnahme ab, denn er wollte nicht mehr miles Caesaris, also ein Soldat des römischen Kaisers, sondern miles Christi, ein Soldat Christi, sein. Aber man entließ ihn so schnell nicht aus seinem Militärdienst; erst nach fünfundzwanzig Jahren durfte er gehen. Da hatte er schon ein Alter von vierzig Jahren erreicht.

St. Martin – zu sehen im Deutschen Klingenmuseum Solingen

Nach seiner Ernennung zum Bischof im Jahre des Herrn 351 zog er sich für einige Zeit als Einsiedler zurück. Doch er fand die ersehnte Ruhe nicht, denn es folgten ihm viele Anhänger. Also gab er auf, kehrte zu seiner Mutter zurück und bekehrte sie zum christlichen Glauben. Anschließend ging er zurück nach Gallien und errichtete ein Kloster. Viele Dinge gäbe es über ihn zu berichten, aber hier sei nur das Wichtigste erwähnt: Martin wurde schnell als Wundertäter bekannt, und so ernannte man ihn im Jahre 371 zum Bischof von Tours. Er zerstörte alle heidnischen Stätten, die er fand, und errichtete an ihrer Stelle Kirchen und Klöster. Martin erreichte ein gesegnetes Alter von 81 Jahren und hinterließ der Nachwelt seinen berühmten Satz: „Den Tod fürchte ich nicht, weiter zu leben aber lehne ich nicht ab".

Noch bekannter sind jedoch seine Wundertaten. Jedes Kind kennt diese Geschichte: Martin war als Soldat in Amiens stationiert. Dort begegnete er im Winter einem nackten Bettler. Martin, der keine Münzen bei sich trug, die er dem Armen hätte geben können, zog sich den Umhang von den Schultern, zückte sein Schwert und zerteilte damit seinen Umhang.

St. Martin teilt seinen Umhang mit dem nackten Bettler

Barmherzig gab er dem Bettler den halben Umhang, so dass beide nicht erfrieren mussten. In der Nacht erschien Martin im Traum sein Herr Jesus Christus und hörte das Wort aus Matthäus 25, 35 – 40: „Ich bin nackt gewesen und ihr habt Mich gekleidet... Was ihr getan habt einem Meiner geringsten Brüder, das habt ihr Mir getan." Und Martin wusste, dass Jesus Christus ihn als Jünger angenommen hatte.

Diese edle Tat sprach sich schnell herum, und bald mehrten sich die Berichte über Martins Wundertaten. So soll sich ihm ein Mann angeschlossen haben, der sich in christlicher Vollkommenheit üben wollte. Als Martin nicht anwesend war, erkrankte der Mann schwer und starb. Ohne Taufe war seine Seele verloren, also war die Trauer groß. Als Martin zurückkehrte, war er sehr traurig, aber der Heilige Geist gab ihm ein, die anderen fortzuschicken, die Türe abzuschließen und sich auf den Toten zu legen. So betete er innig und voller Vertrauen, er spürte die Kraft, die der Herr ihm gab und er wusste, dass Gott ihn erhören würde. Nach zwei Stunden inbrünstigen Gebetes spürte er, wie die starren Glieder des Toten erzitterten, sich seine Lider öffneten und schlossen, bis er endgültig erwachte. Dann dankte er Gott und hub einen Lobgesang an. Seine Seele war gerettet, und er lebte noch einige Jahre und gab Zeugnis von Martins Wunderkraft. Noch viele weitere Legenden ranken sich um den Heiligen Martin: So soll er einmal durch eine Weizenspende eine ganze Stadt vor dem Verhungern gerettet haben, daraufhin erkoren ihn die Bäcker zu ihrem Schutzheiligen. Ein anderes Mal soll er drei schlafenden Mädchen Goldklumpen zugeworfen haben, um ihnen ein Leben als Huren zu ersparen. Ihr mittelloser Vater wollte sie zur Prostitution zwingen, weil er keinen anderen Ausweg aus der Armut sah. Außerdem erweckte Martin drei verstorbene Knaben wieder zum Leben, was ihn zum Schutzpatron der Schüler beförderte. Verständlich, dass die Schüler Prozessionen ihm zu Ehren unternahmen.

Martin von Tours wurde am 11. November beerdigt, dem Tauftag meines Gemahl Martinus Luther, daher erhielt er den Namen Martin. Am 12. November beginnt die Adventszeit, die – wie die Fastenzeit – vierzig Tage dauert, man nennt diese Zeit Martinsquadragese.

Martinus konnte all diese Geschichten über den heiligen Mann nicht glauben und nannte sie „viel kyndisch ding". Ihn stört die Heiligenverehrung ohnehin, nur Jesus soll im Zentrum christlichen Denkens stehen, seine Anbetung soll nicht durch die Verehrung von Heiligen geschmälert werden. Die Menschen fürchten Jesus als Richter, dabei ist er doch unser Heiland. Martinus lehrt, dass wir keine Heiligen brauchen, um zwischen uns und Christus zu vermitteln. Also „erfand" Luther das Christkind. Natürlich erhalten unsere Kinder Geschenke zum Nikolaustag, zu Weihnachten und zu Neujahr, aber Martin legt Wert darauf, dass sie sich mit Fasten und Beten auf das Weihnachtswunder vorbereiten. Tun sie es nicht, drohen ihnen die Rute und Pferdeäpfel, die der Nikolaus bringt. Das Christkind jedoch ist für alle Kinder da, bringt ihnen Geschenke und die Botschaft der Liebe.

Auch in den Klöstern gibt es Bräuche, die Euch heute vielleicht merkwürdig vorkommen. Kennt Ihr den Brauch des Kindelwiegens? Das kam so: Der heilige Franziskus ließ im Wald eine Hütte errichten, stellte eine Krippe hinein und lieh sich Ochs und Esel. So wollte er den Menschen zeigen, wie das kleine Jesuskind im Stall zu Bethlehem gelegen hatte. Die Menschen strömten mit Fackeln durch den dunklen Abend, um die Krippenszene zu sehen, und Franziskus hielt ihnen eine berührende Predigt über die heilige Familie und deren Armut und Not. Dies ging den Menschen so nahe, dass sie dieses Erlebnis weitererzählten, und die Berichte breiteten sich bis nach Deutschland aus. So begann man in den deutschen Klöstern, diese Krippenszene nachzubilden, und endlich verstand man etwas vom Sinn der Weihnachtspredigt, die auf Latein gehalten wurde und für die wenigsten Menschen verständlich war. Das Kindlein in der Wiege wurde verehrt, und es wurde üblich, ein Püpplein hineinzulegen und dafür zu sorgen, dass sie es warm und gemütlich hatte.

Trat eine junge Frau ins Kloster ein, brachte sie eine Puppe aus Holz oder Bienenwachs mit, die das Jesuskind darstellte. Ihre ganze Liebe brachte sie dann dieser Puppe entgegen. Sie wurde gebadet, gewickelt, man hielt sie zärtlich im Arm, schaukelte sie im Takt der Glockenschläge und sang ihnen lateinische Weihnachtslieder vor. In Glaucha bei Halle an der Saale besaßen die Hospitalsjungfrauen ein gemeinsames hölzernes Jesuspüppchen, das sie pflegten und versorgten. Gingen sie dabei nicht mit der erforderlichen Sorgfalt vor, erhob sich ein lautes Poltern, das erst endete, wenn man seine Fehler behob. Es dauerte nicht lange, bis der Brauch des Kindelwiegens auch vom Volk übernommen wurde.

Ein ähnlicher Brauch ist das Frautragen. Die Heilige Jungfrau Maria wird ja von den Menschen unserer Zeit sehr verehrt und angebetet, und auch mein Eheherr Martinus liebt und verehrt die Gottesgebärerin. Maria hat heute bei den Protestanten keinen allzu hohen Stellenwert, aber im Mittelalter sprechen alle Menschen mit ihr und bitten sie um Hilfe und Unterstützung. Sie soll Jesus bitten, bei Gott ein gutes Wort für den Betenden einzulegen.
Maria, die liebende und leidende Mutter, steht vielen Menschen nah. Gott, der so weit weg ist von uns, und Jesus, der gelehrte Mann, scheinen manchen Menschen so schwer erreichbar, so unvorstellbar und nicht zu fassen. Aber Maria, dieses einfache Mädchen, das Gott für sein größtes Wunder auserwählt hat, die Ehefrau und Mutter wurde wie so viele Menschen, die Frau, die Sorgen und Leid durchgemacht hat, steht den Menschen näher. Sie war ein normaler Mensch, wenn auch in besonderer Weise gesegnet. Sie war so mild und sanft, dass es einfacher schien, sich mit seinen Sorgen und Ängsten an sie zu wenden und um Hilfe zu bitten.

Die Heilige Jungfrau Maria mit dem Jesuskind

Viele Kleriker glauben allerdings, dass die Ehe zwischen Maria und Josef nie vollzogen wurde, daher wird Josef auch oft als Bräutigam Marias gesehen. Daher stammt die Bezeichnung „Josefsehe".

Durch das Konzil von Ephesus im Jahre des Herrn 431 wurde
die Jungfrau Maria als Gottesgebärerin bezeichnet und dog-
matisiert. Im siebten Jahrhundert begann man, Marienfeste
zu feiern und das Ave Maria zu sprechen. Abermilliarden
von Malen ist dieses Gebet gesprochen worden, in Nöten
oder beim Beten des Rosenkranzes: „Ave Maria, gratia plena,
Dominus tecum. Benedicta tu in mulieribus, et benedictus
fructus ventris tui, Iesus. Sancta Maria, Mater Dei, ora pro
nobis peccatoribus´ nunc et in hora mortis nostrae. Amen."
Zu deutsch: "Gegrüßet seist du, Maria, voll der Gnade, der

Herr ist mit dir. Du bist gebenedeit[1] unter den Frauen, und gebenedeit ist die Frucht deines Leibes, Jesus. Heilige Maria, Mutter Gottes, bitte für uns Sünder jetzt und in der Stunde unseres Todes. Amen."

Man sollte meinen, dass mein Martinus sich von der Jungfrau Maria abgewandt hat, da er ja jede Heiligenverehrung ablehnt und nur Gott allein anbeten will. Aber er liebt die Jungfrau und verehrt sie, und regelmäßig hält er seinen Rosenkranz in den Händen und betet das Ave Maria.

Martin ist von der lebenslangen Jungfräulichkeit Marias überzeugt, auch wenn andere Reformatoren meinen, dass Maria und Josef weitere Kinder gezeugt hätten, denn es ist in der Bibel von vier Brüdern und zwei Schwestern Jesu die Rede.

Mein Martinus lehnt die Vorstellung von Maria als Himmelskönigin ab, er sieht sie nicht als Mittlerin zwischen Jesus und den Menschen. Er glaubt nicht, dass Maria ihren Sohn erst gnädig stimmen muss. Immer wieder sagt er, dass Christus durch Seinen Opfertod ein vollkommenes Erlösungswerk vollbracht hat, dass nicht von Maria ergänzt werden muss. Ein Christ bedarf keiner Fürsprache und keiner Vermittlung durch den Menschen, weder durch Maria noch durch andere Heilige. Aber Martinus liebt die Jungfrau, weil er in ihr vollkommende Demut und Reinheit sieht und ein Vorbild des Glaubens. Deswegen hält er selbst Marienpredigten und spricht das Magnificat, den Lobgesang Mariens, der mit den Worten beginnt: „Meine Seele erhebt den HERRN, und mein Geist freuet sich Gottes, meines Heilands; denn Er hat die Niedrigkeit Seiner Magd angesehen. Siehe, von nun an werden mich selig preisen alle Kindeskinder; denn Er hat große Dinge an mir getan, der da mächtig ist und des Name heilig

---

[1] Gebenedeit = gesegnet

ist."

Die wichtigsten Marienfeste sind natürlich auch auf unseren Herrn Jesus Christi ausgerichtet. So feiern wir am 2. Februar die Darstellung des Herrn bzw. die Reinigung Marias. Nach biblischem Gesetz gilt eine Frau vierzig Tage nach der Geburt eines Sohnes und achtzig Tage nach der Geburt einer Tochter als unrein und muss im Tempel gereinigt werden. Das Reinigungsopfer war in Form eines Schafes und einer Taube im Tempel zu übergeben, die Armen konnten nur zwei Turteltauben geben. Außerdem musste jeder erstgeborene Sohn erst gegen ein Geldopfer ausgelöst werden, da er als Eigentum des Herrn galt.

Ein weiteres wichtiges Marienfest ist Mariä Verkündigung oder Verkündigung des Herrn, dieses Fest wird am 25. März begangen. An diesem Tag wurde Maria vom Erzengel Gabriel mitgeteilt, dass sie schwanger sei.

Mariä Heimsuchung feiern wir am 2. Juli, dieser Tag erinnert an den Besuch Marias bei ihrer Cousine Elisabet.

Die Verehrung einer Gottesmutter entstammt noch aus uralten Zeiten. Wir kennen zum Beispiel die altägyptische Isis oder die altgriechischen Artemis, Demeter und Athene. Auch Artemis galt als jungfräuliche und keusche Göttin.

Jungfräulichkeit um des Himmelreiches willen ist eine besonders geschätzte und lobenswerte Tugend. Maria wird sogar in der römisch-katholischen und der orthodoxen Kirche die „immerwährende Jungfräulichkeit" zugesprochen. Das besagt, dass Maria vor, während und nach der Geburt von Jesus Christus Jungfrau blieb. Biblisch belegt ist dies nicht, aber im apokryphen Protoevangelium des Jakobus ist nachzulesen, dass Maria bereits als Kind gelobte, Jungfrau zu bleiben. Papst Siricus sagte im Jahre 392: „Jesus hätte sich nicht die Geburt aus einer Jungfrau gewählt, wenn Er sie als so wenig enthaltsam hätte betrachten müssen, dass sie jene Geburtsstätte des Leibes des Herrn, jene Halle des ewigen

Königs, durch menschliche Begattung entweihe." Kirchenvater Augustinus meinte: „Die Jungfrau empfing; staunt: die Jungfrau gebar; staunt noch mehr: auch nach der Geburt bleibt sie Jungfrau." Schließlich wurde bei Jesaja 7, 14 prophezeit: „Siehe, die Jungfrau wird schwanger sein und einen Sohn gebären, und sie werden seinen Namen Emmanuel nennen, was übersetzt ist: Gott ist mit uns."

Schwanger wurde Maria, weil „der Heilige Geist über sie gekommen ist". So beten wir es auch im Glaubensbekenntnis: „Empfangen durch den Heiligen Geist, geboren von der Jungfrau Maria". Nach katholischer Lehre war Maria selbst schon im Mutterleib von der Erbsünde befreit, sie ist „unbefleckt empfangen" worden, auch wenn ihr Vater ein normaler Mensch namens Joachim war.

Verkündigung an Joachim

Die katholische Kirche feiert die Unbefleckte Empfängnis am 8. Dezember.

Maria, die Himmelskönigin

Die Menschen lieben und verehren die Heilige Jungfrau; sie beten den Rosenkranz, bitten Maria um Hilfe und sie unternehmen Marienwallfahrten. Manche von ihnen sehnen sich so sehr nach ihr als liebenden Mutter, dass sie gar meinen, sie zu erblicken. Durch alle Jahrhunderte hindurch bis in Eure Zeit gibt es Berichte von Marienerscheinungen.
Eine Streitfrage zwischen der katholischen und der evangelischen Kirche ist Mariä Aufnahme in den Himmel oder Mariä Himmelfahrt. Festgelegt ist dieser Tag seit dem 5. Jahrhundert auf den 15. August. Die katholische Kirche lehrt, dass Maria die „Ersterlöste" sei und daher bereits im Himmel bei Gott sei, die Bibel erzählt jedoch nichts davon. Nur in den apokryphen Evangelien wird berichtet, dass die Apostel durch die Luft an Marias Sterbebett entrückt worden seien. Die hätten sie bestattet und das Grab mit einem Stein verschlossen, aber Christus sei mit Engeln erschienen und hätte den Stein fortgewälzt. Dann habe Christus Seine Mutter aus dem Grab gerufen wie einst Lazarus.

Aber zurück zum Thema Frauentragen. Wir nennen Maria „Unsere Liebe Frau", daher hat diese Tradition ihren Namen. Es geht dabei um eine Marienfigur, die in der Adventszeit von Haus zu Haus getragen wird. In jedem Haus bleibt sie für einen Tag. Ihr wird sozusagen Herberge gewährt. Die Familie, bei der die Marienfigur gerade steht, verbringt den Tag und den Abend anbetend auf Knien und erfleht Beistand, Gesundheit, eine gute Ernte und alles, was ihnen nötig erscheint. Sie beten den Rosenkranz, meditieren die Geheimnisse des freudenreichen Rosenkranzes und singen die Marienlieder. Diese „Herbergssuche" dauert die ganze Adventszeit und endet am Heiligen Abend, an dem sie in die Kirche getragen und an einen besonderen Platz gestellt wird. Dort wird sie verehrt und angebetet.
Ein anderer Brauch ist das Anklöpfeln, der allerdings dem

Aberglauben entspringt. Im Mittelalter glaubte man, dass man die Stimmen der verstorbenen Angehörigen hören kann, wenn man in den Nächten um den Heiligen Abend herum an die Wand klopft. Daraus entwickelte sich der Heischebrauch, das bedeutet, dass die Kinder von Haus zu Haus zogen, an die Türen klopften und um eine Gabe baten. Die Kinder hatten viel Spaß dabei, aber die Kirche sah das Anklöpfeln kritisch und wollte es verbieten. Erst später, in gegenreformatorischen Zeiten wurde dieser Brauch wieder gesellschaftsfähig, da sich die Kirche dagegen verwahrte, dass die Kinder sich damit nur bereichern wollten. Also begannen die Kinder, beim Heischen Segenswünsche auszusprechen, dafür wurden sie von manchen sogar hineingebeten und verköstigt. An manchen Orten verkleideten sich die Kinder als Maria und Josef, sie stellten die Herbergssuche nach, indem sie von Haus zu Haus zogen und klöpfelten. In Tirol verkündeten die Kinder sogar die frohe Botschaft – Gott ist Mensch geworden, um uns zu retten.
Eine Sitte unserer Zeit, die ich sehr mag, ist das Strohhalmlegen. Die Menschen stellen sich eine Krippe auf und legen ein Bündel Stroh daneben. Das Jesuskind fehlt noch, es wird erst am Heiligen Abend hineingelegt. Jedes Kind im Haus darf jeden Tag einen Strohhalm nehmen und in die Krippe legen, bis zum Heiligen Abend. Wenn das Jesuskind dann kommt, muss es nicht in der leeren harten Krippe liegen, sondern findet weiches Stroh und kann gut darin liegen. Diese Sitte hat nicht nur einen frühen Sinn als „Adventskalender", sondern wir bereiten uns dadurch auf Seine Geburt vor.
Auch das Ausräuchern gehört zur Adventszeit dazu. Früher räucherte man in den Raunächten rund um die Wintersonnwende. Die Raunächte sind die längsten Nächte des Jahres, und nur wer seine Familie und sein Haus mit Weihrauch und Weihwasser schützt, kann Odin, Frau Holle und böse Geister fernhalten und sich unter Gottes Schutz stellen.

Als Martinus noch als Mönch im Schwarzen Kloster zu Wittenberg lebte, begann man, sich mit besonderen Chorgesängen auf das liebe Weihnachtsfest vorzubereiten. Martinus predigt in der Weihnachtszeit besonders gerne. 1519 ermahnte er die Gottesdienstbesucher, ihre Pflichten gegenüber der Familie, im Beruf und gegenüber den Armen besser wahrzunehmen, weil dies wichtiger sei als das Fasten, Wallfahren oder den Rosenkranz zu beten. Ein Jahr später predigte er, dass wir keinen anderen Mittler zwischen Gott und uns kennen als Jesus Christus. Jesus ist für uns alle auf die Erde gekommen, um uns alle zu erlösen. „Gott speiset die ganze Welt mit einem kleinen Kinde... Dies Kind macht doch alle Herzen satt", sagte er.

1524 begann Luther seine Predigt mit den Worten:"Heute feiern wir die Ankunft Christi, des Sohnes Gottes, ins Fleisch. Und es ist billig, dass wir jedes Jahr feiern und danksagen, dass es geschehen ist." Dann wies er auf die jungfräuliche Geburt hin und sagte: „Wir glauben auch nicht, dass wir von der Mutter geboren sind. Das macht's, dass die Wunder so gemein sind. Ist es nicht auch wunderbar, woraus er die Menschenfrucht macht? Wo ist im Samen der Stoff für die Augen, für die Zehen und die Nägel? ... So sind alle Gotteswerke unglaublich. Die Natur glaubt's nicht, dass der Apfel aus dem Stiel wächst, und doch tut er es."

So wie Ihr schmücken wir unser Haus mit grünen Zweigen oder mit kleinen Bäumen, die zum Treiben und Blühen gebracht werden, und mit dem Lebensbaum, der für ein langes und gesundes Leben steht. Tannenzweige nehmen wir nicht, dieser Brauch entsteht erst später. Besonders gerne nehmen wir Kirschbaumzweige, die wir am 4. Dezember, dem Barbaratag, ins Haus holen und die dann am Heiligen Abend blühen – dieser Brauch mit den so genannten Barbarazweigen kennt Ihr ja noch heute.

Viele Gebräuche sind mit dem Wunsch nach Sicherheit verbunden. Wir versuchen alles, um uns vor Armut zu schützen und für eine gute Zukunft für uns und unsere Familien zu sorgen. So umflechten wir zum Beispiel den Weihnachtstisch mit einer Kette und hoffen damit auf genügend Brot im neuen Jahr. Am Weihnachtsmorgen werfen wir Münzen in eiskaltes Wasser und waschen uns damit, das schützt vor Armut. Unverheiratete Mädchen schleichen sich am 25. Dezember in die Hühnerställe und wecken die Hühner und den Hahn. Wenn der Hahn dann kräht, wird das Mädchen im kommenden Jahr heiraten.

Glaube und Aberglauben sind oftmals schwer zu trennen. Natürlich ist „an Gottes Segen alles gelegen", aber es kann nicht schaden, sich auch die Geister gewogen zu machen und die altüberlieferten Traditionen zu bewahren.

Gottes Segen wird meist mit einer großen Hand
aus dem Himmel dargestellt

An den Hochfesten wie Ostern oder Weihnachten gibt es bei uns Doppelpredigten, das heißt wirklich zwei Predigten. Meist predigt Martinus in der Stadtkirche, und die Bürger, Bauern, Studenten, Handwerker, das Gesinde und Soldaten lauschen ihm gebannt. Einmal beschrieb er sehr anschaulich die Reise der hochschwangeren Maria mit Josef, dabei sprach er so, dass die Wittenberger ihn verstehen konnten. Statt Bethlehem sagte er Schmiedeberg, statt Nazareth Brandenburg. Die Zuhörer schwiegen betroffen, als Martinus beschrieb, wie Maria schon die ersten Wehen hatte und sich das Fruchtwasser löste, und ihnen niemand Obdach gewähren wollte. In einem armseligen Stall wurde das Jesuskind geboren, ohne Hilfe, ohne Unterstützung durch eine Wehmutter. Ein Seufzer der Erleichterung ging durch die Kirchenbankreihen, wenn Martinus berichtete, wie Maria ihr Neugeborenes an ihre Brust drückte und es liebkoste. Glücklich und voll heiliger Freude gaben die Gläubigen dann reichlich Spenden in den Gemeinen Kasten, aus dem die Armen erhalten wurden, denn – wie Martinus predigt – müsste sich die Bekehrung zum Christentum auch an der Geldkatze[2] bemerkbar machen.

Das Thema Maria beschäftigt mich als Frau. Wie muss es für sie gewesen sein, als ihr ein Engel erschien und ihr verkündete, sie sei schwanger, obwohl sie nie einen Mann „erkannt", also beigewohnt hatte? Ich habe diese Stelle oft in der Bibel nachgelesen und versucht, mir vorzustellen, wie es Maria ergangen ist.
Verlobt war sie. Hatte sie Josef geliebt? Wahrscheinlich nicht. Damals wie auch in unseren mittelalterlichen und reformatorischen Zeiten und noch lange danach schloss man Ehen

---

[2] Geldkatze = Geldbeutel, der meist aus Katzenfell genäht wurde

nach Vernunftsgründen. Die Männer waren meist bedeutend älter, sie mussten in der Lage sein, Frau und Kinder zu versorgen, um eine Heiratserlaubnis zu erhalten. Aber sicherlich hat Maria ihren Josef gemocht. Ich stelle ihn mir als gutmütigen und liebenswerten Mann vor, der sich in die hübsche Maria verliebt hatte. Oder kam die Liebe erst später, so wie bei Martinus bei mir? Er hatte sich meiner erbarmt, weil ich als letzte aus dem Kloster Geflüchtete noch keinen Mann gefunden hatte und diesen alten Kaspar Glatz nicht hatte heiraten wollen. Und da Martins Vater dringend wünschte, dass er heiratete, nahm er mich. Mir hatte Martinus gefallen, und entgegen vieler Anfeindungen heirateten wir. So muss es auch bei Maria und Josef gewesen sein. Sie war also verlobt. Ob sie sich geküsst hatten? Wahrscheinlich nicht. Sie war die reine keusche Jungfrau, sie hat Josef bestimmt nicht geküsst. Vielleicht dachte sie gerade an ihn, als sie bemerkte, dass jemand neben ihr stand und sie mit dem Worten: „Sei gegrüßt, du Begnadete, der Herr ist mit dir" ansprach. Wie der Engel wohl ausgesehen hat? Mit großen Flügeln, lichtumflutet und unendlich schön? Maria erschrak verständlicherweise und dachte darüber nach, was dieser Gruß wohl zu bedeuten habe. Bestimmt starrte sie die himmlische Erscheinung an und konnte sich nicht fassen. Wann trifft man schon mal einen Engel?
Da sprach der Engel weiter: „Fürchte dich nicht, Maria; denn du hast Gnade bei Gott gefunden. Du wirst ein Kind empfangen, einen Sohn wirst du gebären: dem sollst du den Namen Jesus geben. Er wird groß sein und Sohn des Höchsten genannt werden. Gott, der Herr, wird Ihm den Thron Seines Vaters David geben. Er wird über das Haus Jakob in Ewigkeit herrschen und Seine Herrschaft wird kein Ende haben."
Was muss Maria da gedacht haben? Sie, die keusch war, sollte schwanger sein? Und ausgerechnet sie, ein einfaches Mädchen aus einfachem Hause, sollte den Sohn des Höchsten

gebären? Natürlich kannte sie als gute Jüdin die Prophezeiung bei Jesaja 7, 14: [14]Darum wird euch der Herr selbst ein Zeichen geben: Siehe, eine Jungfrau ist schwanger und wird einen Sohn gebären, den wird sie nennen Immanuel." Aber wie sollte sie glauben, dass ausgerechnet sie dazu auserkoren war? Würde nicht jede Frau denken: „Aber nein, ich doch nicht, das kann nicht sein. Ich bin nicht würdig dazu. Herr, nimm lieber eine andere."

Aber Maria wollte es genau wissen: „Wie soll das geschehen, da ich keinen Mann erkenne?" Mit erkennen meinte sie den Beischlaf, denn dieser lag ihr fern.

Der Engel antwortete: „Der Heilige Geist wird über dich kommen, und die Kraft des Höchsten wird dich überschatten. Deshalb wird auch das Kind heilig und Sohn Gottes genannt werden. Auch Elisabet, deine Verwandte, hat noch in ihrem Alter einen Sohn empfangen, obwohl sie als unfruchtbar galt, sie ist jetzt im sechsten Monat. Denn für Gott ist nichts unmöglich."

Elisabet schwanger? In ihrem Alter? Sie und ihr Mann Zacharias hatten doch so lange versucht, ein Kind zu bekommen, aber Gott hatte ihren Schoß versiegelt. Und nun, in hohem Alter, sollte sie schwanger sein? Das konnte fürwahr nur ein Geschenk Gottes sein; Er hatte wohl auch für Elisabets Kind einen besonderen Weg geplant.

Und Maria antwortete demütig und gehorsam: „Ich bin die Magd des Herrn; mir geschehe, wie du es gesagt hast." Danach verließ sie der Engel.

Wie ging es Maria, als sie alleine zurückblieb? Spürte sie, wie sie „vom Höchsten überschattet wurde"? Hatte sie Angst? Verzweifelte sie? Der Engel hatte gesagt: „Du Begnadete", was bedeutet: „Freue dich, sei froh!" Konnte man da froh sein? Eine Schwangerschaft ohne einen Ehemann bedeutete den sicheren Tod durch Steinigung. Nur ein Wunder konnte sie retten. Aber wenn sie wirklich Gottes Sohn trug, konnte sie sich wohl darauf verlassen, dass Er sie und das Kind schützte.

Mariä Verkündigung

Wie viele Ängste muss sie ausgestanden haben? Kein Wunder, dass sie sich erst einmal zu Elisabet flüchtete und ihr von dem großen Wunder berichtete, das ihr geschehen war.

Ich stelle mir vor, wie die beiden Frauen zusammenhockten, vielleicht mit einem stärkenden Kräutertee und einem kleinen Essen, denn Maria war lange gewandert, in das Gebirge zu einer Stadt in Juda, um bei ihren Verwandten Unterschlupf zu suchen und mit Elisabet zu sprechen.

Maria und Elisabet begrüßen sich

Als Maria Elisabet begrüßte und Elisabet diesen Gruß hörte, da hüpfte das Kind in ihrem Leibe. Elisabet wurde vom Heiligen Geist erfüllt und rief laut aus: „Gesegnet bist du unter den Frauen, und gesegnet ist die Frucht deines Leibes! Und wie geschieht mir, dass die Mutter meines Herrn zu mir kommt? Denn siehe, als ich die Stimme deines Grußes hörte, hüpfte das Kind vor Freude in meinem Leibe. Ja, selig ist, die da geglaubt hat! Denn es wird vollendet werden, was ihr gesagt ist von dem Herrn."

Wie erleichtert muss Maria gewesen sein. Alles, was der Engel Gabriel ihr gesagt hatte, hatte sich erfüllt. Elisabet war schwanger, und ihre Worte waren ihr vom Heiligen Geist eingegeben, denn sie waren wahr. Maria war nun sicherlich voller Zuversicht, und demütig und voller Gottvertrauen war sie ja sowieso. Sie muss voller Glück und Dankbarkeit gewesen sein, als sie ihren Lobgesang anhub: „Meine Seele erhebt den Herrn, und mein Geist freuet sich Gottes, meines Heilandes; denn Er hat die Niedrigkeit Seiner Magd angesehen. Siehe, von nun an werden mich selig preisen alle Kindeskinder. Denn Er hat große Dinge an mir getan, der da mächtig ist und dessen Name heilig ist. Und Seine Barmherzigkeit währet für und für bei denen, die Ihn fürchten. Er übt Gewalt mit Seinem Arm und zerstreut, die hoffärtig sind in ihres Herzens Sinn. Er stößt die Gewaltigen vom Thron und erhebt die Niedrigen. Die Hungrigen füllt Er mit Gütern und lässt die Reichen leer ausgehen. Er gedenkt der Barmherzigkeit und hilft Seinem Diener Israel auf, wie Er geredet hat zu unsern Vätern, Abraham und seinen Nachkommen in Ewigkeit."

Mariä Lobgesang

Maria hatte gesehen, dass die alte Elisabet tatsächlich
schwanger war, deutlich zeichnete sich ihr Bauch schon ab.
Und während Zacharias die beiden Frauen schweigend beo-
bachtete, erzählte Elisabet, was ihnen geschehen war:

Zacharias sollte als Priester das Räucheropfer darbringen,
daher ging er in den Tempel des Herrn. Das Volk betete, und
Zacharias war mit Herz und Seele mit seinem Gott und Herrn
verbunden. Und plötzlich erschien ihm ein Engel auf der
rechten Seite des Räucheraltars. Zacharias erschrak und
fürchtete sich. Aber der Engel sprach: „Fürchte dich nicht,
Zacharias, denn dein Gebet ist erhört, und deine Frau Elisabet
wird dir einen Sohn gebären, dem sollst du den Namen Johannes geben. Und du wirst Freude und Wonne haben, und

41

viele werden sich über seine Geburt freuen. Denn er wird groß sein vor dem Herrn; Wein und starkes Getränk wird er nicht trinken und wird schon von Mutterleib an erfüllt werden mit dem Heiligen Geist. Und er wird viele der Israeliten zu dem Herrn, ihrem Gott, bekehren. Und er wird vor Ihm hergehen im Geist und in der Kraft des Elia, zu bekehren die Herzen der Väter zu den Kindern und die Ungehorsamen zu der Klugheit der Gerechten, zuzurichten dem Herrn ein Volk, das wohl vorbereitet ist."

Zacharias war fassungslos. Vielleicht hatte er sogar ungläubig gelacht wie einst Sara, die so hochbetagt war, dass es ihr nicht mehr ging nach der Frauen Weise, und auch ihr Mann alt war. Sie hatte gelacht und gesagt: „Nun, da ich alt bin und mein Herr ebenfalls, soll ich noch Liebeslust erfahren? Und nun noch ein Kind gebären?" Und übers Jahr hatten sie tatsächlich ein Kind.

Aber sollte es ihm, Zacharias, und seinem Weib Elisabet ebenfalls so gehen? Das war doch nicht zu glauben. Also fragte er den Engel: „Woran soll ich das erkennen? Denn ich bin alt und mein Weib ist hochbetagt."

Der Engel antwortete: „Ich bin Gabriel, der vor Gott steht, und bin gesandt, mit dir zu reden und dir dies zu verkündigen. Und siehe, du wirst verstummen und nicht reden können bis zu dem Tag, an dem dies geschehen wird, weil du meinen Worten nicht geglaubt hast, die erfüllt werden sollen zu ihrer Zeit."

Und so kam es auch. Als Zacharias den Tempel verließ, bemerkte das Volk, dass er verstummt war, und sie wussten, dass er eine Erscheinung gehabt hatte. Er winkte ihnen zu und blieb stumm.

Als Zacharias seinen Dienst beendet hatte, ging er nach Hause zu seinem Weib Elisabet. Und Elisabet ward schwanger und blieb fünf Monate lang in ihrem Heim verborgen. Dankbar sprach sie: „So hat der Herr an mir getan in den Tagen, als Er mich angesehen hat, um meine Schmach unter den Menschen von mir zu nehmen."

Und Maria hat sicherlich genickt. Kinderlosigkeit war die größte Schmach, die Gott einem Weibe antun konnte, denn Kinder waren Geschenke Gottes. Starke Söhne waren der Stolz des Vaters und eine tugendhafte schöne Tochter der Mutter Zier. Versagte Gott einem Ehepaar dieses Glück, war dies eine Schmach und eine Strafe. Und nun sollte Elisabet doch noch einen Sohn gebären, der sogar eine besondere Aufgabe vor Gott hatte.

Maria blieb drei Monate, dann ging sie wieder heim. Sicherlich voller Angst und tausend Gedanken, wie sie Josef ihre Schwangerschaft erklären sollte. Wie würde er reagieren? Was würden ihre Eltern sagen? Wie würden die Dorfbewohner reagieren? Würde man sie ausstoßen? Würde Josef sie aus dem Verlöbnis entlassen? Würde man sie steinigen? Nein, Gott der Herr würde auf das Kind in ihrem Bauch aufpassen, dessen war sie sich gewiss. Aber wie würde es weitergehen?

Ich kann mich noch gut daran erinnern, wie viel Angst ich in meiner ersten Schwangerschaft hatte. Die meisten Menschen hassten mich, weil ich Martinus geheiratet habe. Sie beschimpften mich, als ich schwanger wurde und sagten mir, ich würde einen Dämon zur Welt bringen, weil ein ehemaliger Mönch und eine ehemalige Nonne nicht heiraten und das Lager teilen dürfen. Mich plagte das Alpdrücken vor lauter Angst, aber Gott schenkte uns ein gesundes schönes Kind, unser geliebtes Hänschen. Ich hatte auf Gott gehofft und vertraut, aber Marias Gottvertrauen war unerschütterlich und grenzenlos und nicht von derart von Angst besetzt wie bei mir damals.

Elisabets Sohn wurde nun also geboren. Alle Menschen freuten sich mit ihr, denn sie verstanden, wie barmherzig der

Herr gewesen war. Als das Kind beschnitten werden sollte, wollte die Familie, dass es den Namen seines Vaters, also Zacharias, erhalten sollte. Aber Elisabet sprach: „Nein, sondern er soll Johannes heißen".

Die Familie verwunderte sich und sagte: „Ist doch niemand in deiner Verwandtschaft, der so heißt". Also befragten sie Zacharias, wie er das Kind nennen wolle. Man gab ihm eine kleine Tafel, auf die er schrieb: Er heißt Johannes.

Alle wunderten sich darüber. Dann sahen sie, wie sein Mund und seine Zunge aufgetan wurden, er sprach wieder und lobte Gott und war dankbar. Da fürchteten sich alle, und sie erzählten es weiter, und bald wusste jeder von dieser Geschichte auf dem ganzen Gebirge Judäas. Und sie dachten darüber nach und fragten sich, was wohl aus diesem Kind werden würde. Jeder wusste, dass die Hand des Herrn mit ihm war. Und auch Zacharias wusste es. Er wurde vom Heiligen Geist erfüllt und sprach: „Gelobt sei der Herr, der Gott Israels! Denn Er hat besucht und erlöst Sein Volk und hat uns aufgerichtet ein Horn des Heils im Hause Seines Dieners David – wie Er vor Zeiten geredet hat durch den Mund Seiner heiligen Propheten – dass Er uns errettete von unseren Feinden und aus der Hand aller, die uns hassen, und Barmherzigkeit erzeigte unsern Vätern und gedächte an Seinen heiligen Bund, an den Eid, den Er geschworen hat unserm Vater Abraham, uns zu geben, dass wir, erlöst aus der Hand der Feinde, Ihm dienten ohne Furcht unser Leben lang in Heiligkeit und Gerechtigkeit vor Seinen Augen. Und du Kindlein, wirst Prophet des Höchsten heißen. Denn du wirst dem Herrn vorangehen, dass du Seinen Weg bereitest und Erkenntnis des Heils gebest Seinem Volk in der Vergebung ihrer Sünden, durch die herzliche Barmherzigkeit unseres Gottes, durch die uns besuchen wird das aufgehende Licht aus der Höhe, auf dass es erscheine denen, die sitzen in Finsternis und Schatten des Todes, und richte unsere Füße auf den Weg des Friedens."

So weissagte er, und er sollte Recht behalten.

Ich erinnere mich noch gut an die erste Weihnachtspredigt, die Martinus ein halbes Jahr nach unserer Hochzeit hielt. Martinus sprach davon, dass Maria und Josef niemanden hatten, der ihnen half. Was musste sie Angst gehabt haben vor ihrer ersten Niederkunft, fern von zu Hause in einer fremden Stadt, ohne ein weiches Lager, ohne Licht, ohne ein wärmendes Feuer und ohne erfahrenen Beistand. Maria hatte nicht einmal richtige Windeln – was mag sie genommen haben, um ihren Säugling zu wärmen? Vielleicht ihren Schleier oder einen Teil ihres Gewandes? Wie schwer muss es für sie gewesen sein.

Dabei hatte sie das Glück, dass Josef sie nicht hatte steinigen lassen. Wenn man sich das vorstellt: Da steht man einer Menge geifernder Menschen gegenüber, die Steine in allen Größen in den Händen halten, die ihren Hass und ihre Verachtung auf diese Frau herausschreien, weil sie in ihrer Unkeuschheit ein Verbrechen gegen Gott begangen hatte, und sie beginnen, ihre Steine auf die Frau zu werfen. Die Steine treffen ihren Körper, ihren Kopf, ihre schützenden Hände. Aus ihren Wunden tropft Blut, ihr Leib schmerzt von den aufprallenden Steinen. Sie treffen sie auf die Brust, auf den Rücken, die Rippen, den Bauch. Ihr Kopf wird getroffen, die Nase bricht, die Jochbögen brechen. Die Steine prallen auf ihren Kiefer, ihre Wangenknochen, ihre Schläfen. Ihr Kopf blutet an mehreren Stellen, sie schwankt und kann sich nicht mehr auf den Beinen halten. Sie fällt um, die Steine prasseln noch immer auf sie herab. Kein Erbarmen gibt es, kein Mitleid, keine Hilfe. Jesus, der die Ehebrecherin Maria Magdalena mit Seinem Satz „Wer von euch ohne Schuld ist, der werfe den ersten Stein" vor der Steinigung bewahrte, ist noch nicht

geboren. Die Steine werden geworfen, bis die Frau ohnmäch-
tig wird und endlich an ihren vielen Verletzungen stirbt. Eine
schreckliche Vorstellung. Vielleicht hat Maria schon eine
Steinigung miterlebt, hat angesehen, wie sich das Opfer unter den Steinwürfen windet und vor Schmerzen schreit, bis
die Schreie ersticken und der gequälte Mensch zusammen-
sinkt und seine Seele aushaucht.
Aber Josef hatte Maria geheiratet. Sicherlich war er zuerst
schockiert gewesen, als er von ihrer Schwangerschaft erfuhr;
hatte geglaubt, sie habe einem anderen Mann beigewohnt.

Hochzeit von Josef und Maria

Was sollte er auch anderes glauben? Was hatte er gedacht, als sie ihre Geschichte erzählte? Konnte es sein, dass wirklich ein Engel seine Verlobte besucht hatte, um ihr zu erzählen, dass sie schwanger von Gott sei? Ob er sie nun so sehr liebte, dass er sie trotz seines Verdachtes auf Fremdgehen heiratete, oder ob er spürte, dass sie die Wahrheit sprach – auf jeden Fall waren die beiden verheiratet. Welch ein Glück.

Nun hatte jedoch Kaiser Augustus ein Gebot erlassen, dass sich alle Welt schätzen lassen müsse, und zwar jeder in seiner Heimatstadt. Und so machten sich Josef aus Galiläa, aus der Stadt Nazareth, zusammen mit seiner schwangeren Frau Maria, auf in das judäische Land zur Stadt Davids, die da heißt Bethlehem, weil er aus dem Hause und Geschlecht Davids stammte, um sich und seine Frau zählen zu lassen. Maria war hochschwanger. Wie beschwerlich muss die Reise gewesen sein, mit ihrem dicken Bauch, dem schmerzenden Rücken. Sicherlich war sie müde und erschöpft, ihre Füße waren geschwollen, und sie wünschte sich Ruhe und Sicherheit. Stattdessen erreichten sie die wimmelnde Stadt, die völlig überfüllt war von Menschen, Eseln und Karren. Wo sollten sie schlafen, wo ihr Kind gebären? Der ziehende Schmerz in ihrem Leib war deutlich, es würde nicht mehr lange dauern, bis das Kind kam.
Josef mühte sich, eine gute Unterkunft zu finden, aber jeder, der die hochschwangere stöhnende Frau sah, winkte ab. Jeder Raum war belegt, alles war voll, niemand wollte einer Gebärenden Unterkunft gewähren. Wie lange waren sie wohl unterwegs, bis ihnen endlich eine mitleidige Seele den Weg in einen Stall wies? Dort brachte Maria ihr erstes Kind auf die Welt; alleine, im Stroh liegend. Sie hatte kein richtiges Lager, kein Bettchen für das Kind. Also legte sie Ihn in die Krippe, den einzigen Platz, wo sie ihren winzigen Sohn hinlegen konnte. Ich stelle mir vor, wie die frischgebackenen

Eltern um die Krippe herum saßen, ihr Kind anstaunten, Ihm über die weiche Wange streichelten und Gott für dieses Wunder dankten. Wie groß ist das Glück, ein gesundes Kind im Arm zu halten.

Die Heilige Familie

Aber was muss in ihr vorgegangen sein, als die Engel und die Hirten kamen, um ihr Kind anzubeten?
Die Hirten hatten in dieser Nacht ihre Herde gehütet, drau-ßen auf dem Felde. Dunkel war es, und einsam.

Verkündigung an die Hirten

Und dann wurde es plötzlich hell bei ihnen, der Engel des Herrn trat zu ihnen und sprach die wunderbaren Worte: „Fürchtet euch nicht! Siehe, ich verkündige euch große Freude, die allem Volk widerfahren wird; denn euch ist heute der Heiland geboren, welcher ist Christus, der Herr, in der Stadt Davids. Und das habt zum Zeichen: Ihr werdet finden das Kind in Windeln gewickelt und in einer Krippe liegen."

Was mögen die Hirten gedacht haben, als der Engel so sprach, und dann auch noch weitere Engel kamen. Die himmlischen Heerscharen lobten Gott und sprachen: „Ehre sei Gott in der Höhe und Friede auf Erden bei den Menschen Seines Wohlgefallens."

Hiernach fuhren die Engel wieder gen Himmel. Wie erschüttert mussten die Hirten gewesen sein? Diese armen Menschen, die von jedermann als gering verachtet wurden, ausgerechnet ihnen erzählten die Engel von diesem Wunder? Warum bevorzugte Gott der Herr sie so sehr? Also sprachen sie: „Lasst uns nun gehen gen Bethlehem und die Geschichte sehen, die da geschehen ist, die uns der Herr kundgetan hat."
Und sie beeilten sich. Keine Zeit wollten sie verschwenden. Sie holperten und stolperten durch die Nacht, und endlich fanden sie den Stall und eilten hinein. Und tatsächlich, dort sahen sie Maria und Josef mit ihrem Kindlein, das in Windeln gewickelt in der Krippe lag. Und die Hirten berichteten von dem Engel, der ihnen von dem Kinde erzählt hatte, und alle, die es hörten, wunderten sich über ihre Rede.
Maria saß still da, neben ihrem Kinde, behielt alle diese Worte und bewegte sie in ihrem Herzen. Und die Hirten kehrten wieder um, priesen und lobten Gott für alles, was sie gehört und gesehen hatten, wie denn zu ihnen gesagt war.

Die Engel beten das Jesuskind an

All dies weiß ich aus der Bibel, die ich fleißig lese. Aber wer kann sich vorstellen, wie es ist, wenn man Gottes Sohn auf die Welt bringt? Und wenn man weiß, dass es keine Einbildung ist, sondern dass Engel von der Geburt künden, dass ein Stern weise Männer sendet? Wie froh muss Maria über die kostbaren Geschenke der Sterndeuter gewesen sein, auch wenn sich heute viele Menschen darüber verwundern, dass man einem Kinde Weihrauch und Myrrhe schenkt. Dass man Gold schenkt, ist erklärlich, denn es ist wertvoll und schützt seinen Besitzer vor Armut, und es ist auch das kostbarste, was die Erde hergibt, also wird der Sohn Gottes damit geehrt. Aber was tut eine junge Familie mit Weihrauch und Myrrhe? Weihrauch gilt als Gottesduft, denn man glaubt, dass Weihrauch geheime Kraft besitzt. Weihrauch kann Unheil abwehren und eine Verbindung zu göttlichen Menschen herstellen. Wird es verräuchert, steigt es auf und verteilt es sich im

Raum, symbolisiert es die Entfaltung der Gottheit, aber auch Vergeistigung, Emporstreben, Opfer und Gebet.

Anbetung durch die „Heiligen Drei Könige"

Auch Myrrhe kann verräuchert werden, es ist aber auch als kosmetisches Mittel und als Medizin beliebt, es dient der Betäubung, heilt aber auch Entzündungen. Es war also praktisch gedacht – es heilt bei Säuglingen einen wunden Po, hilft gegen Husten und Bauchschmerzen. Man balsamierte damit aber auch die Toten ein.

Die Sterndeuter erblicken den Stern

Warum spricht man eigentlich von drei Sterndeutern? In der Bibel wird nichts weiter über sie erzählt; nicht ihre Zahl, ihr Alter oder ihre Herkunft. Die Legenden um sie bildeten sich im dritten Jahrhundert, die Namen Caspar, Melchior und Balthasar gab man ihnen im sechsten Jahrhundert. Die Drei war eine magische Zahl, und die drei Sterndeuter stehen symbolisch für die drei biblischen Rassen, nämlich die Semiten, Chamiten und Japhetiten, die Nachfahren der Söhne Noahs. Sie symbolisieren auch die drei Lebensalter. Darüber hinaus stehen sie für die drei damals bekannten Erdteile. Caspar als junger schwarzer Mann steht für Afrika, Balthasar im besten Mannesalter für Asien und der alte Melchior für Europa.

Ach ja, es ist schön, sich in die mögliche Gedanken- und Gefühlswelt der biblischen Menschen hineinzudenken. Aber die Gegenwart fordert mich reichlich, schon an normalen Tagen arbeite ich von Sonnenaufgang bis Sonnenuntergang, und nun muss ich auch für Weihnachten sorgen und viele Dinge bedenken. Auch kommen jetzt besonders viele Arme zu uns, sie fürchten den Winter, die Kälte und den Hunger. Für Martinus war es selbstverständlich, anderen zu helfen. Obwohl wir einen Gemeinen Kasten haben, aus dem Geld für die Armen genommen wird, und ein Hospital und weitere hilfreiche Einrichtungen, helfen wir jedem Menschen, der an unsere Tür klopft und um Beistand bittet. So sagte er einmal: „Gott liebt uns – so glauben wir – da wird ein Kuchen draus. Wiederum unser Nächster glaubt und wartet auf unsere Liebe, so sollen wir Ihn auch lieben und Ihn nicht umsonst unserer begehren und auf uns warten lassen. Eins ist wie das andere: Christus hilft uns, wir helfen unserem Nächsten und haben alle genug."

Schneeballschlacht

Unsere Kinder lieben es, in der Winterzeit draußen herum-
zutoben. Während wir Erwachsenen uns beeilen, mit unseren Einkäufen vom Markt oder anderen Besorgungen schnell
nach Hause zu kommen, uns den Schnee von den Schultertü-
chern klopfen und unsere fast erfrorenen Hände an dem
grün gemauerten Ofen wärmen, toben sie vergnügt umher

oder schauen den Fischern zu, wie sie Löcher ins Eis der Elbe hacken und angeln. Manchmal bricht auch noch bei uns die Kindheit durch, wenn wir sehen, wie sie eine Schneeball-schlacht veranstalten, und dann können auch wir Erwachse-nen nicht mehr anders als hinauszugehen in die weiße Welt und uns mit Schneebällen zu bewerfen.

Wenn wir dann endlich heimkommen und ich uns heiße Getränke reiche, um uns wieder aufzuwärmen, erzählt Mar-tinus gerne die Geschichte von dem Torgauer Stadtnarren, der nicht in den kalten Himmel wollte, wo es Regen und Schnee gab, sondern lieber in die warme Hölle wollte, wo man sich überall Äpfel und Birnen braten konnte. Wir lachen dann alle herzlich über diesen törichten Glauben.

Die liebe Weihnachtszeit wird bei uns ohnehin sehr fröhlich begangen. Die Freude über die bevorstehende Geburt unseres Herrn Jesus Christus überstrahlt alles. So begann Martinus seine Weihnachtspredigt mit den Worten: „Heut' hört ihr die Geschichte, die heute Nacht geschehen ist, die tröstlich und fröhlich ist. Denn die Engel im Himmel sind voller Freude, sagen's an und verkündigen's. Und gehet doch nicht sie an, sondern uns, uns ist's geschehen, wie auch die Engelspredigt lautet: Ich verkündige euch, nicht uns Engeln, denn Er ist ja nicht uns zu Trost und Erlösung geboren. Die Engel sind schon selig und waren's von Anfang an. Darum gilt's nicht ihnen, sondern uns."

Martinus wird nie müde zu betonen, dass es an Weihnachten allein um Jesus Christus geht. So predigt er: „Maria hat ein Kind geboren, der himmlische Vater hat einen Sohn, der in der Krippe und in einer Jungfrau Schoß liegt – das sind des Engels Worte. Warum aber hat Gott das getan? Maria hütet, säugt und nährt das Kindlein, wie eine Mutter soll. Darum spricht die Vernunft, Gott habe alles dazu getan, dass wir aus ihr einen Abgott machen und dass man die Mutter ehre. ... Und doch lautet der Text nicht zu Ehren der Mutter. Denn der Engel spricht: Ich verkündige Euch Freude, Euch ist Er geboren. Also, ich soll mich des Kindes und seiner Geburt annehmen und soll die Mutter vergessen, so viel es möglich ist. Wiewohl man ihrer nicht vergessen kann; denn wo eine Geburt ist, da muss auch eine Kindesmutter sein. Dennoch soll man nicht an die Mutter glauben, sondern dass das Kind geboren sei."

Die Weihnachtspredigten meines Gemahls sind mir in besonders lebhafter Erinnerung. Brid, unsere Magd, erzählte mir einmal, wie sehr ihr die Stelle in der Predigt gefiel, wo Martinus erzählte, dass es nicht die hochstehenden Herren waren, nicht die Fürsten oder die Könige, denen der Engel die frohe Botschaft brachte, sondern den armen Hirten, den einfachen und ungebildeten Menschen, die kein sonderliches Ansehen besaßen.

Martinus sagt: „Die leidige Plage ist, dass niemand diesen Hirten folgen mag. Es ist ein Werk des Teufels, dass niemand mit seinem Los zufrieden sei. Niemand freue sich an dem, was ihm gegeben ist, und erfüllt seine Aufgaben stets mit Fleiß und Freude. ... Doch das Evangelium sagt, der beste Stand, den du haben kannst, ist der, in dem du bist. ... Niemand hat keinen Stand. Gewiss leben wir nicht unter Wölfen, sondern unter Menschen. Darum sollen wir fleißig sein, unserem Nächsten dienen, ihn nicht an Gut und Ehre beleidigen. Niemand versteht diese Kunst so gut wie unsere Kinder. Sie essen, trinken, schlafen und richten so ihr Amt aus. Sie üben kein Amt aus, das sie nicht verstehen. So sind die Kinder unsere Vorbilder, und wir sollten ihnen nacheifern."

Selbstverständlich beschenken wir unsere Kinder, unsere Hausgäste und unser Gesinde. Aber zur Vorbereitung auf das Weihnachtsfest gehört erst einmal das Fasten. Am Heiligen Abend gibt es dann ein besonders gutes Essen: Leberwurst auf Weinkraut, Rindfleisch in Würzbrühe, Weinsuppe mit besonders geformten Mörserkuchen, Guglhupf, falscher Rehbraten und Karpfenhohlbraten mit schwarzer Pfeffersoße.

Früher wurden die Kinder entweder am Nikolaustag oder am Tag der unschuldigen Kindlein am 28. Dezember beschenkt. Doch die Protestanten lehnen die Heiligenverehrung ab, auch der heilige Martin sollte nicht verehrt werden, schon gar nicht als Gabenbringer. Nur unser Heiland soll im Mittelpunkt des Weihnachtsfestes stehen. Also erzählte mein Gemahl Martinus vom Christkind, und seitdem gab es die Bescherung am 25. Dezember. Der Freude der Kinder tat das keinen Abbruch.

Die Kinder können es gar nicht erwarten, mit ihren Geschenken zu spielen, die das Christkind gebracht hatte. Sie erhalten Rasseln und Pferdchen aus Holz, Murmeln aus Ton, selbstgenähte Püppchen und natürlich Leckerbissen wie Nüsse und Äpfel. Auch unsere Patenkinder, die in der Stadt leben, erhalten zu Weihnachten Geschenke. Für gut 130 Geschenke haben wir zu sorgen. Einige davon sind Teil der Entlohnung für das Gesinde. Es gibt für sie kleine Leckereien, praktische Dinge und Kleidung.

Mein Martinus, der trotz all seiner Gelehrsamkeit doch manchmal ein großes Kind ist, saß inmitten unserer spielenden Kinder und erzählte ihnen eine seiner Geschichten: „Es war einmal ein frommer Mann, der wollte schon in diesem Leben in den Himmel kommen. Darum bemühte er sich ständig in den Werken der Frömmigkeit und Selbstverleugnung. So stieg er auf den Stufen der Vollkommenheit immer höher empor, bis er eines Tages mit seinem Haupte in den Himmel ragte. Aber er war sehr enttäuscht: Der Himmel war dunkel, leer und kalt. Denn Gott lag auf Erden in einer Krippe."

Weihnachten 1534, als gerade unser Töchterlein Margarete, unser fünftes Kind, geboren war, saß Martinus an der Wiege und schrieb das wunderschöne Lied: Vom Himmel hoch, da komm ich her! Ihr alle kennt dieses Lied, das mit den wunderbaren Worten beginnt:

Vom Himmel hoch, da komm ich her.
Ich bring' euch gute neue Mär.
Der guten Mär bring ich so viel,
davon ich singen und sagen will.

Euch ist ein Kindlein heut' geborn
von einer Jungfrau auserkorn,
ein Kindelein, so zart und fein,
das soll Eur Freud und Wonne sein.

Es ist der Herr Christ, unser Gott,
der will euch führn aus aller Not,
Er will eur Heiland selber sein,
von allen Sünden machen rein.

Er bringt euch alle Seligkeit,
die Gott der Vater hat bereit,
dass ihr mir uns Himmelreich
sollt leben nun und ewiglich.

So schön die Weihnachtszeit auch ist, sie ist auch mit allerlei
Ausgaben verbunden. Das Essen, die Geschenke, neue Win-
tergewänder, und Martinus ist kein guter Wirtschafter.
Kaum zu rechnen vermag der ansonsten so gelehrte Mann,
und mit vollen Händen gibt er unsere Münzen an jeden Armen, der an unsere Tür klopft. Jeder Drucker, der seine
Schriften druckt, wird reich von dem Erlös, doch Martinus
will kein Geld dafür haben. „Umsonst habt ihr empfangen,
umsonst sollt ihr geben", zitiert er immer aus der Bibel. Oftmals verzweifele ich beinahe bei all unseren Ausgaben, und
wenn ich nicht unser Gütchen so sorgsam bepflanzen und
abernten würde, müssten wir und unsere Gäste abends
hungrig zu Bette gehen. Eines Abends war ich so verzweifelt,

dass ich am Küchentische saß und weinte, da schlich sich mein Hänschen, mein ältester Sohn, zu mir, drückte sich an mich und schenkte mir eine Engelsfigur aus Lindenholz. Das war eigentlich sein Weihnachtsgeschenk für mich, aber er konnte meinen Jammer nicht mit ansehen und wollte mich trösten. Das rührte mich so sehr, dass ich ihn dankbar anlächelte und wieder Mut fasste.

Seit Mitte des 15. Jahrhunderts gibt es Weihnachtsmärkte, auf denen wir Lebensmittel und Geschenke kaufen können. Und das tut Not – wir Frauen sind mit dem Gesinde eifrig damit beschäftigt, Brot und Kuchen zu backen, denn was man in der heiligen Weihnachtszeit backt, schimmelt nicht, man kann es bis Pfingsten essen. Wir buttern, schlachten und machen Lebensmittel haltbar. Für unsere Kinder bedeuten die Weihnachtsmärkte ein gewaltiges Abenteuer. Nicht nur, dass es alle möglichen Dinge wie Kerzen, Lebkuchen und Hauben zu kaufen gibt, es treiben auch Gaukler, Spielleute und Tänzer ihr Unwesen. Krüppel mit den absonderlichsten Gebrechen stellen sich für Geld zur Schau, Zahnbrecher bieten ihre schmerzhaften Dienste an, überall hört man, wie die Handwerker ihre Waren lautstark anpreisen, Käufer über die überzogenen Preise schimpfen und Kinder um duftendes Gebäck betteln. Eine alte Frau bietet Eier zum Verkauf an, aber niemand will sie haben, denn man erzählt sich, dass sie eine Hexe sei und die Eier selbst lege. Sie könne Wetter und Hagel machen und die Ernte der Nachbarn vernichten. Außerdem sei sie eine Blumenhexe, denn selbst im tiefsten Winter verkaufe sie Blumen. Niemand von uns hat das je gesehen, aber wer konnte schon wissen, ob nicht an den Gerüchten doch etwas dran wäre?

In unseren Häusern werden die letzten Fasern versponnen, die Spindeln geputzt und weggeräumt, und die Knechte dreschen das letzte Getreide. An den Feiertagen selbst wird nicht gearbeitet, nur das Notwendige wird getan: Das Vieh versorgt und das Essen gekocht. Die vorwitzigen Kinder versuchen immer wieder, in die Küche zu gelangen, denn dort gibt es Honig, Nüsse, Äpfel, teure Gewürze, Würste sowie Rind- und Schweinefleisch – und natürlich die Gans. Das ganze Haus duftet, alle schnuppern und freuen sich auf das Festmahl. Manche Lebensmittel werden in dieser Zeit vermehrt gegessen, denn sie gelten als Keim für das kommende Leben. Dazu gehören Fische, die viel Rogen enthalten, Eier, Hirse, Erbsen und Grünkohl. Ein reichliches und schmackhaftes Essen an Weihnachten bringt Segen für das nächste Jahr. Zu reichlich soll das Essen wiederum auch nicht sein, denn es gibt viel Not und Elend um uns herum. In Pestzeiten beispielsweise kommt niemand nach Wittenberg, um Lebensmittel zu bringen. Viele Menschen sind arm, bei ihnen kommt nur Brot aus grob gemahlenem Mehl und mit Kleie gebacken auf den Tisch, außerdem Hafer, Bucheckern und Zwiebeln, Sauerkraut, Kohl, Rüben, Lauch und nur selten Fleisch. Es gibt nur das, was die Menschen in ihren kleinen Gärten säen und ernten. Manch armes Bäuerlein versucht, heimlich während der Nacht zu fischen, was streng verboten ist. Nur den reichen und wohlhabenden Bürgern ist das Jagen und Fischen gestattet.

Das alte Jahr wird natürlich auch gebührend verabschiedet und das neue Jahr begrüßt, das gehört zur Weihnachtszeit dazu. Fröhliche Abende sind das, mit Gaben, Scherz und Spiel. Die jungen Studenten wissen, dass böse Geister mit Lärm vertrieben werden, und sie nutzen die Gelegenheit, sich reichlich auszutoben. Am Neujahrsabend 1545 trieben die Studenten es jedoch zu weit. Sie warfen Brandraketen und beschworen beinahe eine Feuersbrunst herauf.

Zwischen den Jahren, in den so genannten Rauen Nächten, in denen böse Geister umgehen, wird nicht geheiratet. Zu groß war die Angst, von den Geistern bedrängt zu werden. Aber Martinus trat diesem heidnischen Brauch entgegen. Nun gerade traute er ein Paar und feierte fröhlich mit ihnen, um aller Welt zu beweisen, dass dieser Aberglaube Unfug war.

Doch frei von Aberglauben sind die wenigsten Menschen unserer Zeit. Wir verschenken vergoldete Äpfel in kleinen Körbchen, die mit Buchsbaum und duftenden Kostbarkeiten geschmückt werden. Blühende Zweige, Tannenreiser und Buchsbaum, mit denen die Geschenke verziert werden, vertreiben die Spuk- und Schadensgeister.

Ein festliches Essen gibt es, reichlich und gut, dem alle genussvoll zusprechen, dazu gibt es heißen Gewürzwein und Bier, das ich selbst braue, zum Nachtisch einen Kuchen, in den eine Bohne eingebacken ist. Wer das Stück Kuchen mit der Bohne erwischt, wird für den Abend als König oder Königin bestimmt, wählt sich einen Partner und den Rest der Feiernden als Hofstaat. Trinkt der König, müssen auch die andren trinken. Isst er, müssen auch die anderen essen. Das gibt immer viel Spaß und Gelächter, und alle sind vergnügt und froh.

Am 1. Januar feiern wir die Beschneidung des Herrn. Nach jüdischem Brauch werden neugeborene Söhne am achten Lebenstag beschnitten, und man gibt ihnen an diesem Tage ihren Namen. Bei Lukas 2,21 steht: „Und als acht Tage um waren und man das Kind beschneiden musste, gab man Ihm den Namen Jesus, wie Er genannt war von dem Engel, ehe Er im Mutterleib empfangen war". Heute gibt es Gelehrte, die sich darüber streiten, ob die Heilige Vorhaut nun mit Jesus Christus leiblich in den Himmel aufgefahren ist oder nicht.

Sicher ist, dass findige Reliquienhändler mit Vorhäuten ein Geschäft gemacht haben, immerhin soll es acht echte Vorhäute von Jesus Christus gegeben haben.

Beschneidung des Herrn

Um Jesu' Vorhaut ranken sich viele Legenden, zum Beispiel soll Jesus selbst seine Vorhaut der Heiligen Katharina von Siena als Verlobungsring an den Finger gesteckt haben, woraufhin sie sich verzückt in Ekstase auf dem Boden wälzte. Im 17. Jahrhundert glaubte man, dass die heilige Vorhaut sich in einen Saturnring verwandelt habe.

Die Weihnachtszeit endet am Dreikönigstag. Die Dreikönigs-
nacht gilt als besonders gefährliche Raunacht, indem allerlei
Geister unterwegs sind. Zum Beispiel muss Frau Holle mit
ihrem wilden Heer in die Hörselberge bei Eisenach zurück-
kehren. Wir versuchen, die Geister zu vertreiben, indem wir
mit Kräutern räuchern, frisches Grün im Haus auslegen,
Lärm machen, wobei uns die Kinder eine besondere Hilfe
sind, und stellen viele Kerzen auf, um die Dunkelheit im
Haus zu vertreiben. Die Armen, die sich keine teuren Kerzen
leisten können, sitzen am Herdfeuer oder stellen Kienspäne
auf den Tisch, entzünden tierische Fette in Schalen oder Öl-
funzeln. Die hell erleuchteten Kirchen müssen für sie wie der
Himmel ausgesehen haben. Innig beten alle um Bewahrung
vor dem Bösen und um Gottes Segen. Am Dreikönigstag be-
gehen wir viele Umzüge, um die Sterndeuter zu ehren, und
neuerdings entwickelt sich der Brauch des Sternsingens, einem Brauch, der sich bis heute erhalten hat. Kinder, die sich
als Könige verkleidet haben, ziehen von Haus zu Haus und
klopfen an. Wird die Tür geöffnet, singen sie fromme Lieder,
sprechen ein Gebet oder sagen ein Gedicht auf. Mit ihrer
geweihten Kreide schreiben sie dann die traditionelle Segens-
bitte C+M+B mit der jeweiligen Jahreszahl an die Tür, also in
diesem Jahr hieße es 20+C+M+B+21. Diese Buchstaben
bedeuten jedoch nicht, wie man meinen könnte, die Namen
Caspar, Melchior und Balthasar, sondern „Christus mansio-
nem benedicat", also „Christus segne dieses Haus". In manchen Gegenden schreibt man statt des C's ein K, das dann als
„Kyrios" gedeutet wird, also „Der Herr segne dieses Haus",
was möglicherweise doch auf die Initialen der Drei Heiligen
Könige hindeutet.

Wie schön, wenn man am Ende eines Jahres sagen kann, dass
es ein gutes Jahr war, dass alle Lieben noch bei uns sind und
keine Katastrophen unsere Familien getroffen haben. Das

wünsche ich Euch allen für das neue Jahr, dazu viel Gesundheit, Frohsinn, Glück – und ein gesegnetes Weihnachtsfest.

****

Anhang:

Weihnachtslieder von Martin Luther:

„Vom Himmel hoch, da komm ich her"

1. Vom Himmel hoch, da komm ich her.
Ich bring' euch gute neue Mär.
Der guten Mär bring ich so viel,
davon ich singen und sagen will.

2. Euch ist ein Kindlein heut' geborn
von einer Jungfrau auserkorn,
ein Kindelein, so zart und fein,
das soll Eur Freud und Wonne sein.

3. Es ist der Herr Christ, unser Gott,
der will euch führn aus aller Not,
Er will eur Heiland selber sein,
von allen Sünden machen rein.

4. Er bringt euch alle Seligkeit,
die Gott der Vater hat bereit,
dass ihr mir uns Himmelreich
sollt leben nun und ewiglich.

5. So merket nun das Zeichen recht:
Die Krippe, Windelein so schlecht,
da findet ihr das Kind gelegt,

das alle Welt erhält und trägt.

6. Des lasst uns alle fröhlich sein
und mit den Hirten gehn hinein,
zu sehn, was Gott uns hat beschert,
mit seinem lieben Sohn verehrt.

7. Merk auf, mein Herz, und sieh dorthin!
Was liegt dort in dem Krippelein?
Wes ist das schöne Kindelein?
Es ist das liebe Jesulein.

8. Sei mir willkommen, edler Gast!
Den Sünder nicht verschmähet hast
und kommst ins Elend her zur mir,
wie soll ich immer danken Dir?+

****

„Nun freut euch, liebe Christen g'mein"

1.[3] Nun freut euch, lieben Christen g'mein,
und lasst uns fröhlich springen,
dass wir getrost und all in ein
mit Lust und Liebe singen,
was Gott an uns gewendet hat
und seine süße Wundertat;
gar teu'r hat er's erworben.

2. Dem Teufel ich gefangen lag,
im Tod war ich verloren,
mein Sünd mich quälte Nacht und Tag,
darin ich war geboren.
Ich fiel auch immer tiefer drein,
es war kein Guts am Leben mein,
die Sünd hat' mich besessen.

3. Mein guten Werk, die galten nicht,
es war mit ihn' verdorben;
der frei Will hasste Gotts Gericht,
er war zum Gutn erstorben;
die Angst mich zu verzweifeln trieb,
dass nichts denn Sterben bei mir blieb,
zur Höllen musst ich sinken.

4. Da jammert Gott in Ewigkeit
mein Elend übermaßen;
er dacht an sein Barmherzigkeit,
er wollt mir helfen lassen;
er wandt zu mir das Vaterherz,
es war bei ihm fürwahr kein Scherz,
er ließ's sein Bestes kosten.

5. Er sprach zu seinem lieben Sohn:
„Die Zeit ist hier zu erbarmen;
fahr hin, meins Herzens werte Kron,
und sei das Heil dem Armen
und hilf ihm aus der Sünden Not,
erwürg für ihn den bittern Tod
und lass ihn mit dir leben."

6. Der Sohn dem Vater g'horsam ward,
er kam zu mir auf Erden
von einer Jungfrau rein und zart;
er sollt mein Bruder werden.
Gar heimlich führt er sein Gewalt,
er ging in meiner armen G'stalt,
den Teufel wollt er fangen.

7. Er sprach zu mir: „Halt dich an mich,

es soll dir jetzt gelingen;
ich geb mich selber ganz für dich,
da will ich für dich ringen;
denn ich bin dein und du bist mein,
und wo ich bleib, da sollst du sein,
uns soll der Feind nicht scheiden.

8. Vergießen wird er mir mein Blut,
dazu mein Leben rauben;
das leid ich alles dir zugut,
das halt mit festem Glauben.
Den Tod verschlingt das Leben mein,
mein Unschuld trägt die Sünde dein,
da bist du selig worden.

9. Gen Himmel zu dem Vater mein
fahr ich von diesem Leben;
da will ich sein der Meister dein,
den Geist will ich dir geben,
der dich in Trübnis trösten soll
und lehren mich erkennen wohl
und in der Wahrheit leiten.

10. Was ich getan hab und gelehrt,
das sollst du tun und lehren,
damit das Reich Gotts werd gemehrt
zu Lob und seinen Ehren;
und hüt dich vor der Menschen Satz,
davon verdirbt der edle Schatz:
das lass ich dir zur Letze."

****

Biblische Weihnachtsgeschichte
aus der Luther-Bibel
in der Fassung von 1545:

[1]SIntemal sichs viel vnterwunden haben / zu stellen die Rede von den Geschichten / so vntervns ergangen sind / [2]Wie uns das gegeben haben / die es von anfangselbs gesehen / vnd Diener des Worts gewesen sind / [3]Habe ichs auch fur gut angesehen /nach dem ichs alles von anbeginne erkundet habe /Das ichs zu dir / mein guter Theophile / mit vleis ordentlichen schriebe / [4]Auff das du gewissen grunderfarest der Lere / welcher du vnterrichtet bist. [5]ZV der zeitHerodis des KönigesJüdee / war ein Priester von der ordnungAbia / mit namen Zacharias / vnd sein Weib von den töchtern Aaron / welche hies Elisabet. [6]Sie waren aber alle beide fromfur Gott / vndgiengen in allen Geboten vnd Satzungen des HERRN vntaddelich / [7]vnd sie hatten kein Kind /Denn Elisabet war vnfruchtbar / vnd waren beide wolbetaget. ⇒1. Par. 24. [8]VND es begab sich / da er Priestersampt pfleget fur Gote / zur zeit seiner Ordnung / [9]nach gewonheit des Priesterthums / vnd an jm war / das er reuchernsolt / gieng er in den Tempel des HERRN / [10]Vnd die gantzemenge des Volcks war haussenvnd betet /vnter der stunde des Reuchens. [11]ES erschein jm aber der Engel des HERRN /vndstund zur rechtenhand am Reuchaltar. [12]Vnd als Za-

charias jnsaheerschrack er / vnd es kam jn eine furcht an.
¹³Aber der Engel sprach zu jm / Fürchte dich nicht Zacharia / Denn dein gebet ist erhöret. Vnd dein weib Elisabet wird dir einen Son geberen / des namensoltu Johannes heissen / ¹⁴vnd du wirst des freudevndwonne haben / Vnd viel werden sich seiner Geburt frewen. ¹⁵Denn er wird gros sein fur dem HERRN / Wein vndstarckGetrencke wird er nicht trincken. Vnd wird noch in mutterleibe erfüllet werden mit dem heiligen Geist / ¹⁶Vnd er [276b] wird der Kinder von Jsrael viel zu Gott jrem HERRN bekeren. ¹⁷Vnd er wird furJm her gehen / im geistvndkrafft Elias / zu bekeren die hertzen der Veter zu den Kindern / vnd die Vngleubigen zu der klugheit der Gerechten / zu zurichten dem HERRN ein bereit Volck. ⇒Mal. 3.
¹⁸VND Zacharias sprach zu dem Engel / Wo beysol ich das erkennen? Denn ich bin alt / vnd mein Weib ist betaget. ¹⁹Der Engel antwortet / vnd sprach zu jm / Jch bin Gabriel / der fur Gott stehet / vnd bin gesand mit dir zu reden / das ich dir solchs verkündigte. ²⁰Vnd sihe / Du wirst erstummenvnd nicht reden können / bis auff den tag / da dis geschehen wird /Darumb das du meinen worten nicht gegleubet hast /welche sollen erfüllet werden zu jrerzeit.
²¹VND das Volck wartet auff Zacharias / vnd verwunderte sich / das er so lange im Tempel verzog.²²Vnd da er erausgieng / kundte er nicht mit jnen reden. Vnd sie mercktendas er ein Gesichte gesehen hatte im Tempel.

Vnd er wincketjnen / vnd bleib stumme. ²³Vnd es begab sich / da die zeit seines Ampts aus war / gieng er heim in sein Haus. ²⁴Vnd nach den tagen ward sein weib Elisabet schwanger / vnd verbarg sich fünffmonden / vnd sprach / ²⁵Also hat mir der HERR gethan / in den tagen / da er mich angesehen hat / Das er meine schmach vnter den Menschen von mir neme.

²⁶VND im sechsten mond / ward der engel Gabriel gesand von Gott / in eine stad in Galilea / die heisst Nazareth / ²⁷Zu einer Jungfrawen / die vertrawet war einem Manne / mit namen Josef / vom hause Dauid / vnd die Jungfraw hies Maria. ²⁸Vnd der Engel kam zu jr hin ein / vnd sprach / Gegrüsset seistu holdselige / der HERR ist mit dir / du Gebenedeiete¹ vnter den Weibern.

²⁹DA sie aber jn sahe / erschrack sie vber seiner rede / vnd gedachte / welch ein grus ist das? ³⁰Vnd der Engel sprach zu jr / Fürchte dich nicht Maria / Du hast gnade bey Gott funden². ³¹Sihe / du wirst schwanger werden im Leibe / vnd einen Son geberen / des Namen soltu Jhesus heissen. ³²Der wird gros / vnd ein Son des Höhesten genennet werden. Vnd Gott der HERR wird jm den stuel seines vaters Dauid geben / ³³vnd er wird ein König sein vber das haus Jacob ewiglich / vnd seines Königreichs wird kein ende sein.

³⁴Da sprach Maria zu dem Engel / Wie sol das zugehen? sintemal ich von keinem Manne weis. ³⁵Der Engel antwortet / vnd sprach zu jr / Der heilige Geist wird vber

dich komen / vnd die krafft des Höhesten wird dich vber-
schatten. Darumb auch das Heilige /das von dir geboren
wird / wird Gottes Son genennet werden. [36]Vndsihe /
Elisabet deine gefreundete / ist auch schwanger mit einem
Son / in jrem alter /vnd gehet itzt im sechsten mond / die
im geschrey ist /das sie vnfruchtbarsey / [37]Denn bey Gott
ist kein ding vmmüglich. [38]Maria aber sprach Sihe / Ich
bin des HERRN magd / mir geschehe wie du gesagt
hast. Vnd der Engel schied von jr.

[39]MAria aber stundauff in den tagen / vndgiengauff das
Gebirge endelich / zu der stad Jude / [40]vnd kam in das
haus Zacharias / vndgrüsset Elisabet. [41]Vnd es begab sich
/ als Elisabet den grus Maria höret / hüpffet das Kind in
jrem leibe. Vnd Elisabet ward des heiligen Geists vol /
[42]vnd rieff laut / vnd sprach / Gebenedeiet[3]bistuvnter den
Weibern / vndgebenedeiet ist die Frucht deines Leibes.
[43]Vnd wo her kompt mir das / das die Mutter meines
HErrn zu mir kompt? [44]Sihe / da ich die stimme deines
Grusseshörete / hüpffet mit freuden das Kind in meinem
Leibe. [45]Vnd o selig bistu / die du gegleubt hast /Denn
es wird volendet werden / was dir gesagt ist von dem
HERRN. [46]Vnd Maria sprach.
Meine Seele erhebt den HERRN.
[47]Vnd mein Geist frewet sich Gottes meines Heilandes.‘
[48]Denn er hat seine elende Magd angesehen /Sihe / von
nu an werden mich selig preisen alle Kinds kind.
[49]Denn er hat grosse Ding an mir gethan / der da Mech-

tig ist / vnd des Namen heilig ist.

[50]Vnd seine Barmhertzigkeitweretjmer für vnd für / Bey denen die jn fürchten.

[51]Er vbetgewalt mit seinem Arm / Vndzurstrewet die Hoffertig sind in jreshertzen sinn.

[52]Er stösset die Gewaltigen vom stuel / Vnd erhebt die Elenden.

[53]Die Hungerigen füllet er mit Güttern / Vndlesst die Reichen leer.

[54]Er dencket der Barmhertzigkeit / Vndhilfft seinem diener Israelauff.

[55]Wie er geredt hat vnsernVetern / Abraham vnd seinem Samen ewiglich.

[56]VND Maria bleib beyjrbey dreien monden /Darnach keret sie widerumb heim.

[57]VND Elisabet kam jre zeit / das sie geberensolt / Vnd sie gebar einen Son. [58]Vnd jre Nachbarn vndGefreundetenhöreten / das der HERR grossebarmhertzigkeit an jrgethan hatte / vndfreweten sich mit jr. [59]Vnd es begab sich am achten tage / kamen sie zubeschneiten das Kindlin / vndhiessenjn nach seinem vater / Zacharias. [60]Aber seine Mutter antwortet / vnd sprach / Mit nichten / sondern er sol Johannes heissen. [61]Vnd sie sprachen zu jr / Ist doch niemand in deiner Freundschafft / der also heisse.

[62]VND sie wincketen seinem Vater / wie er jnwoltheissen lassen. [63]Vnd er fodderte ein Teffelin /schreib vnd

sprach / Er heisst Johannes. Vnd sie verwunderten sich alle. 64Vnd als bald ward sein Mund vnd seine Zunge aufgethan / vnd redete / vndlobete Gott. 64Vnd es kam eine furcht vber alle Nachbarn /VnddisGeschicht ward alles rüchtbarauff dem gantzen Jüdischen gebirge / 66Vnd alle die es höreten /namens zu hertzen / vnd sprachen / Was meinestu /wil aus dem Kindlin werden? Denn die Hand des HERRN war mit jm.

67VND sein vater Zacharias ward des heiligen Geistes vol / weissaget / vnd sprach.

68GElobetsey der HERR der Gott Jsrael / Denn er hat besucht vnd erlöset sein Volck.

69Vnd hat vnsauffgericht ein Horn des Heils / Jn dem hause seines dienersDauid.

70Als er vorzeiten geredt hat / Durch den Mund seiner heiligen Propheten.

71Das er Vns errettet von vnsern Feinden / Vnd von der Hand aller die vns hassen.

72Vnd die BarmhertzigkeiterzeigetevnsernVetern / Vndgedechte an seinen heiligen Bund.

73Vnd an den Eid / den er geschworen hat vnsermvater Abraham / Vns zu geben.

74Das wir erlöset aus der handvnser Feinde / jmdieneten on furcht vnser lebelang.

75Jn Heiligkeit vnd Gerechtigkeit / Die jmgefellig ist.
[277b]
76VND du Kindlin wirst ein Prophet des Höhestenheis-

sen / Du wirst fur dem HErrn her gehen / das du seinen weg bereitest.

[77]Vnderkenntnis des Heils⁴gebest seinem Volck / Die da ist in vergebung jrer Sünde.

[78]Durch die hertzlicheBarmhertzigkeitvnsers Gottes / Durch welche vns besucht hat der Auffgang⁵aus der Höhe.

[79]Auff das er erscheine / denen / die da sitzen im finsternisvndschatten des Todes / Vnd richte vnserefüsseauff den weg des Friedes.

[80]VND das Kindlin wuchs vnd war starck im geist / Vnd war in der Wüsten / bis das er solterfürtrettenfur das volckIsrael.

1 Das ist auffdeudsch / Du Hochgelobte.

2 Das ist / du hast einen gnedigen Gott.

3AuffDeudsch also / Gelobet bistu etc.

4 Das sie wissen sollen / wie sie selig werden müssen. Nicht durch die werck des Gesetzes / sondern durch vergebung der sünden etc.

5 Christus nach der Gottheit / ist der Auffgang in der höhe vom Vater.

II.

[1]ES begab sich aber zu der zeit / Das ein Gebot von dem Keiser Augusto ausgieng / Das alle Welt geschetzt¹ würde. [2]Vnd diese Schatzung war die allererste / vnd

geschach zur zeit / da Kyrenius Landpfleger in Syrien war. ³Vnd jederman gieng / das er sich schetzen liesse / ein jglicher in seine Stad.

⁴Da machet sich auff auch Josef / aus Galilea / aus der stad Nazareth / in das Jüdischeland / zur stad Dauid / die da heisst Bethlehem / Darumb das er von dem Hause vnd geschlechte Dauid war / ⁵Auff das er sich schetzen liesse mit Maria seinem vertraweten Weibe / die war schwanger. ⁶Vnd als sie daselbst waren / kam die zeit / das sie geberen solte. ⁷Vnd sie gebar jren ersten Son / vnd wickelt jn in Windeln / vnd leget jn in eine Krippen / Denn sie hatten sonst keinen raum in der Herberge. ⇒Mat. 1.

⁸VND es waren Hirten in der selbigen gegend auff dem felde / bey den Hürten / die hüteten des nachts jrer Her- de. ⁹Vnd sihe / des HERRN Engel trat zu jnen / vnd die Klarheit des HERRN leuchtet vmb sie / Vnd sie furchten sich seer. ¹⁰Vnd der Engel sprach zu jnen. Fürch- tet euch nicht / Sihe / Ich verkündige euch grosse Freu- de / die allem Volck widerfaren wird / ¹¹Denn Euch ist heute der Heiland gebörn / welcher ist Christus der HErr / in der stad Dauid. ¹²Vnd das habt zum Zeichen / Jr werdet finden das Kind in windeln gewickelt / vnd in ei- ner Krippen ligen. ¹³Vnd als bald ward da bey dem Engel die menge der himelischen Herrscharen / die lobten Gott / vnd sprachen / ¹⁴Ehre sey Gott in der Höhe / Vnd Friede auff Erden / Vnd den Menschen ein wolgefallen².

[15]VND da die Engel von jnen gen Himel furen / sprachen die Hirten vnternander / Lasst vns nu gehen gen Bethlehem / vnd die Geschicht sehen / die da geschehen ist / die vns der HERR kund gethan hat. [16]Vnd sie kamen eilend / vnd funden beide Mariam vnd Josef / dazu das Kind in der krippen ligen. [17]Da sie es aber gesehen hatten / breiteten sie das wort aus / welchs zu jnen von diesem Kind gesagt war. [18]Vnd alle / fur die es kam / wunderten sich der Rede / die jnen die Hirten gesagt hatten. [19]Maria aber behielt alle diese wort / vnd beweget sie in jrem hertzen. [20]Vnd die Hirten kereten widerumb / preiseten vnd lobten Gott vmb alles / das sie gehöret vnd gesehen hatten / wie denn zu jnen gesagt war.

[21]VND da acht tage vmb waren / das das Kind beschnitten würde / Da ward sein Name genennet Jhesus / welcher genennet war von dem Engel / ehe denn er in Mutterleibe empfangen ward. ⇒Matt. 1.

[22]VND da die tage jrer reinigung nach dem gesetz Mosi kamen / brachten sie In gen Jerusalem / Auff das sie jn darstelleten dem HERRN / [23]wie denn geschrieben stehet in dem Gesetz des HERRN / Allerley Menlin / [278a] das zum ersten die Mutter bricht / sol dem HERRN geheiliget heissen / [24]Vnd das sie geben das Opffer / nach dem gesagt ist im Gesetz des HERRN / ein par Dorteltauben / oder zwo Jungetauben. ⇒Exo. 13; ⇒Leui. 12.

[25]Vnd sihe / ein Mensch war zu Jerusalem / mit namen

Simeon / vnd derselb Mensch war frum vnd gottfürchtig / vnd wartet auff den trost Israel / vnd der heilige Geist war in jm. 26Vnd jm war ein antwort worden von dem heiligen Geist / Er solt den Tod nicht sehen / er hette denn zuuor den Christ des HERRN gesehen. 27Vnd kam aus anregen des Geistes in den Tempel.

VND da die Eltern das Kind Jhesum in den Tempel brachten / das sie fur jn theten / wie man pfleget nach dem Gesetz / 28Da nam er jn auff seine arm / vnd lobte Gott / vnd sprach.

29 HErr / nu lessestu deinen Diener im Friede faren 3 / wie du gesagt hast.

30 DEnn meine Augen haben deinen Heiland gesehen.

31 Welchen du bereitet hast / Fur allen Völckern.

32 Ein Liecht zu erleuchten die Heiden / Vnd zum Preis deines volcks Israel.

33VND sein Vater vnd Mutter wunderten sich des / das von jm geredt ward. 34Vnd Simeon segenet sie / vnd sprach zu Maria seiner mutter / Sihe / Dieser wird gesetzt zu einem Fall vnd Aufferstehen vieler in Israel / Vnd zu einem Zeichen dem widersprochen wird. 35Vnd es wird ein Schwert durch deine Seele dringen / Auff das vieler Hertzen gedancken offenbar werden.

36VND es war eine Prophetin Hanna / eine tochter Phanuel / vom geschlecht Aser. Die war wol betaget /vnd hatte gelebt sieben jar mit jrem Manne / nach jrer Jungfrawschafft. 37Vnd war nu eine Woche Widwe /bey vier vnd achzig jaren / Die kam nimer vom Tempel / dienet Gott mit fasten vnd beten tag vnd nacht. ³⁸Dieselbige trat auch hin zu / zu der selbigen stunde / vnd preisete den HErrn / vnd redete von jm / zu allen / die da auff die erlösung zu Jerusalem warteten.

³⁹VND da sie alles volendet hatten / nach dem gesetz des HERRN / kereten sie wider in Galileam / zu jrer stad Nazareth. ⁴⁰Aber das Kind wuchs / vnd ward starck im Geist / voller weisheit / vnd Gottes gnade war bey jm.

⁴¹VND seine Eltern giengen alle jar gen Jerusalem / auff das Osterfest. ⁴²Vnd da er zwelff jar alt war / giengen sie hin auff gen Jerusalem / nachge wonheit des Festes. ⁴³Vnd da die tage volendet waren / vnd sie wider zu hause giengen / bleib das kind Jhesus zu Jerusalem / vnd seine Eltern wustens nicht. ⁴⁴Sie meineten aber / er were vnter den Geferten / vnd kamen eine tagereise / vnd suchten jn vnter den Gefreundeten vnd Bekandten. ⁴⁵Vnd da sie jn nicht funden / giengen sie widerumb gen Jerusalem / vnd suchten jn. ⁴⁶Vnd es begab sich nach dreien tagen / funden sie jn im Tempel sitzen / mitten vnter den Lerern / das er jnen zuhörete / vnd sie fragete. ⁴⁷Vnd alle die jm zuhöreten / verwunderten sich seines verstands vnd seiner antwort. ⁴⁸Vnd da sie jn sahen / entsatzten sie sich. VND seine Mutter sprach zu jm / Mein son / warumb hastu vns das gethan? Sihe / dein Vater vnd Ich haben dich mit schmertzen gesucht. ⁴⁹Vnd er sprach zu jnen / Was ists / das jr mich gesucht habt? Wisset jr nicht / das

ich sein mus in dem / das meines Vaters ist? ⁵⁰Vnd sie verstunden das wort nicht / das er mit jnen redet. ⁵¹Vnd er gieng mit jnen hin ab / vnd kam gen Nazareth / vnd war jnen vnterthan. Vnd seine Mutter behielt alle diese wort in jrem hertzen. ⁵²Vnd Jhesus nam zu / an weisheit / alter vnd gnade / bey Gott vnd den Menschen.

1 Schetzen ist hie / das ein jglicher hat müssen ein Ort des gülden geben von jglichem Heubt.

2 Das die menschen dauon lust vnd liebe haben werden / gegen Gott vnd vnternander. Vnd dasselb mit danck an-nemen / vnd darüber alles mit freuden lassen vnd leiden.

3 Das ist / Nu wil ich frölich sterben.

Die Weihnachtsgeschichte in der Bibel, Lukas, Kapitel 1 und 2

Die Ankündigung der Geburt Johannes des Täufers5

Zu der Zeit des Herodes, des Königs von Judäa, lebte ein Priester von der Ordnung Abija mit Namen Zacharias, und seine Frau war von den Töchtern Aaron, die hieß Elisabet. 6 Sie waren aber alle beide gerecht und fromm vor Gott und lebten in allen Geboten und Satzungen des Herrn untadelig. 7 Und sie hatten kein Kind; denn Elisabet war unfruchtbar, und beide waren hochbetagt. 8 Und es begab sich, als Zacharias den Priesterdienst vor Gott versah, da seine Ordnung an der Reihe war, 9 dass ihn nach dem Brauch der Priesterschaft das Los traf, das Räucheropfer darzubringen; und er ging in den Tempel des Herrn. 10 Und die ganze Menge des Volkes betete draußen zur Stunde des Räucheropfers. 11 Da erschien ihm der Engel des Herrn, der stand an der rechten Seite des Räucheraltars. 12 Und als Zacharias ihn sah, erschrak er, und Furcht überfiel ihn. 13 Aber der Engel sprach zu ihm: Fürchte dich nicht, Zacharias, denn dein Gebet ist erhört, und deine Frau Elisabet wird dir einen Sohn gebären, dem sollst du den Namen Johannes geben. 14 Und du wirst Freude und Wonne haben, und viele werden sich über seine Geburt freuen. 15 Denn er wird groß sein vor dem Herrn; Wein und starkes Getränk wird er nicht trinken und wird schon von Mutterleib an erfüllt werden mit dem Heiligen Geist. 16 Und er wird viele der Israeliten zu dem Herrn, ihrem Gott, bekehren. 17 Und er wird vor ihm hergehen im Geist und in der Kraft des Elia, zu bekehren die Herzen der Väter zu den Kindern und die Ungehorsamen zu der Klugheit der Gerechten, zuzurichten dem Herrn ein Volk, das wohl vorbereitet ist. 18 Und Zacharias sprach zu dem Engel: Woran soll ich das erkennen? Denn ich bin alt und meine Frau ist hochbetagt. 19 Der Engel antwortete und sprach zu ihm: Ich bin Gabriel, der vor Gott steht, und bin gesandt, mit dir zu reden und dir dies zu verkündigen. 20 Und siehe, du wirst verstummen und nicht reden können bis zu dem Tag, an dem dies geschehen wird, weil du meinen Worten nicht geglaubt hast, die erfüllt werden sollen zu ihrer Zeit. 21 Und das Volk wartete auf Zacharias und wunderte sich, dass er so lange im Tempel blieb. 22 Als er aber herauskam, konnte er nicht mit ihnen reden; und sie merkten, dass er eine Erscheinung gehabt hatte im Tempel. Und er winkte ihnen und blieb stumm. 23 Und es begab sich, als die Zeit seines Dienstes um war, da ging er heim in sein Haus. 24 Nach diesen Tagen wurde seine Frau Elisabet schwanger und hielt sich fünf Monate verborgen und sprach: 25 So hat der Herr an mir getan in den Tagen, als er mich angesehen hat, um meine Schmach unter den Menschen von mir zu nehmen.

Die Ankündigung der Geburt Jesu

26 Und im sechsten Monat wurde der Engel Gabriel von Gott gesandt in eine Stadt in Galiläa, die heißt Nazareth, 27 zu einer Jungfrau, die vertraut war einem Mann mit Namen Josef vom Hause David; und die Jungfrau hieß Maria. 28 Und der Engel kam zu ihr hinein und sprach: Sei gegrüßt, du Begnadete! Der Herr ist mit dir! 29 Sie aber erschrak über die Rede und dachte: Welch ein Gruß ist das? 30 Und der Engel sprach zu ihr: Fürchte dich nicht, Maria! Du hast Gnade bei Gott gefunden. 31 Siehe, du wirst schwanger werden und einen Sohn gebären, dem sollst du den Namen Jesus geben. 32 Der wird groß sein und Sohn des Höchsten genannt werden; und Gott der Herr wird ihm den Thron seines Vaters David geben, 33 und er wird König sein über das Haus Jakob

in Ewigkeit, und sein Reich wird kein Ende haben. 34 Da sprach Maria zu dem Engel: Wie soll das zugehen, da ich doch von keinem Manne weiß? 35 Der Engel antwortete und sprach zu ihr: Der Heilige Geist wird über dich kommen, und die Kraft des Höchsten wird dich überschatten; darum wird auch das Heilige, das geboren wird, Gottes Sohn genannt werden. 36 Und siehe, Elisabet, deine Verwandte, ist auch schwanger mit einem Sohn, in ihrem Alter, und ist jetzt im sechsten Monat, sie, von der man sagt, dass sie unfruchtbar sei. 37 Denn bei Gott ist kein Ding unmöglich. 38 Maria aber sprach: Siehe, ich bin des Herrn Magd; mir geschehe, wie du gesagt hast. Und der Engel schied von ihr.

Marias Besuch bei Elisabet (Mariä Heimsuchung)

39 Maria aber machte sich auf in diesen Tagen und ging eilends in das Gebirge zu einer Stadt in Juda 40 und kam in das Haus des Zacharias und begrüßte Elisabet. 41 Und es begab sich, als Elisabet den Gruß Marias hörte, hüpfte das Kind in ihrem Leibe. Und Elisabet wurde vom Heiligen Geist erfüllt 42 und rief laut und sprach: Gesegnet bist du unter den Frauen, und gesegnet ist die Frucht deines Leibes! 43 Und wie geschieht mir, dass die Mutter meines Herrn zu mir kommt? 44 Denn siehe, als ich die Stimme deines Grußes hörte, hüpfte das Kind vor Freude in meinem Leibe. 45 Ja, selig ist, die da geglaubt hat! Denn es wird vollendet werden, was ihr gesagt ist von dem Herrn.

Marias Lobgesang

46 Und Maria sprach: Meine Seele erhebt den Herrn, 47 und mein Geist freut sich Gottes, meines Heilandes; 48 denn er hat die Niedrigkeit seiner Magd angesehen. Siehe, von nun an werden mich selig preisen alle Kindeskinder. 49 Denn er hat große Dinge an mir getan, der da mächtig ist und dessen Name heilig ist. 50 Und seine Barmherzigkeit währet für und für bei denen, die ihn fürchten. 51 Er übt Gewalt mit seinem Arm und zerstreut, die hoffärtig sind in ihres Herzens Sinn. 52 Er stößt die Gewaltigen vom Thron und erhebt die Niedrigen. 53 Die Hungrigen füllt er mit Gütern und lässt die Reichen leer ausgehen. 54 Er gedenkt der Barmherzigkeit und hilft seinem Diener Israel auf, 55 wie er geredet hat zu unsern Vätern, Abraham und seinen Nachkommen in Ewigkeit. 56 Und Maria blieb bei ihr etwa drei Monate; danach kehrte sie wieder heim.

Die Geburt Johannes des Täufers

57 Und für Elisabet kam die Zeit, dass sie gebären sollte; und sie gebar einen Sohn. 58 Und ihre Nachbarn und Verwandten hörten, dass der Herr große Barmherzigkeit an ihr getan hatte, und freuten sich mit ihr. 59 Und es begab sich am achten Tag, da kamen sie, das Kindlein zu beschneiden, und wollten es nach seinem Vater Zacharias nennen. 60 Aber seine Mutter antwortete und sprach: Nein, sondern er soll Johannes heißen. 61 Und sie sprachen zu ihr: Ist doch niemand in deiner Verwandtschaft, der so heißt. 62 Und sie winkten seinem Vater, wie er ihn nennen lassen wollte. 63 Und er forderte eine kleine Tafel und schrieb: Er heißt Johannes. Und sie wunderten sich alle. 64 Und sogleich wur-

de sein Mund und seine Zunge aufgetan, und er redete und lobte Gott. 65 Und es kam Furcht über alle Nachbarn; und diese ganze Geschichte wurde bekannt auf dem ganzen Gebirge Judäas. 66 Und alle, die es hörten, nahmen's zu Herzen und sprachen: Was wird aus diesem Kindlein werden? Denn die Hand des Herrn war mit ihm.

Der Lobgesang des Zacharias

67 Und sein Vater Zacharias wurde vom Heiligen Geist erfüllt, weissagte und sprach: 68 Gelobt sei der Herr, der Gott Israels! Denn er hat besucht und erlöst sein Volk 69 und hat uns aufgerichtet ein Horn des Heils im Hause seines Dieners David – 70 wie er vorzeiten geredet hat durch den Mund seiner heiligen Propheten –, 71 dass er uns errettete von unsern Feinden und aus der Hand aller, die uns hassen, 72 und Barmherzigkeit erzeigte unsern Vätern und gedächte an seinen heiligen Bund, 73 an den Eid, den er geschworen hat unserm Vater Abraham, uns zu geben, 74 dass wir, erlöst aus der Hand der Feinde, ihm dienten ohne Furcht 75 unser Leben lang in Heiligkeit und Gerechtigkeit vor seinen Augen. 76 Und du, Kindlein, wirst Prophet des Höchsten heißen. Denn du wirst dem Herrn vorangehen, dass du seinen Weg bereitest 77 und Erkenntnis des Heils gebest seinem Volk in der Vergebung ihrer Sünden, 78 durch die herzliche Barmherzigkeit unseres Gottes, durch die uns besuchen wird das aufgehende Licht aus der Höhe, 79 auf dass es erscheine denen, die sitzen in Finsternis und Schatten des Todes, und richte unsere Füße auf den Weg des Friedens. 80 Und das Kindlein wuchs und wurde stark im Geist. Und er war in der Wüste bis zu dem Tag, an dem er vor das Volk Israel treten sollte.

Jesu Geburt1

Es begab sich aber zu der Zeit, dass ein Gebot von dem Kaiser Augustus ausging, dass alle Welt geschätzt würde. 2 Und diese Schätzung war die allererste und geschah zur Zeit, da Quirinius Statthalter in Syrien war. 3 Und jedermann ging, dass er sich schätzen ließe, ein jeglicher in seine Stadt. 4 Da machte sich auf auch Josef aus Galiläa, aus der Stadt Nazareth, in das judäische Land zur Stadt Davids, die da heißt Bethlehem, darum dass er von dem Hause und Geschlechte Davids war, 5 auf dass er sich schätzen ließe mit Maria, seinem vertrauten Weibe; die war schwanger. 6 Und als sie daselbst waren, kam die Zeit, dass sie gebären sollte. 7 Und sie gebar ihren ersten Sohn und wickelte ihn in Windeln und legte ihn in eine Krippe; denn sie hatten sonst keinen Raum in der Herberge. 8 Und es waren Hirten in derselben Gegend auf dem Felde bei den Hürden, die hüteten des Nachts ihre Herde. 9 Und des Herrn Engel trat zu ihnen, und die Klarheit des Herrn leuchtete um sie; und sie fürchteten sich sehr. 10 Und der Engel sprach zu ihnen: Fürchtet euch nicht! Siehe, ich verkündige euch große Freude, die allem Volk widerfahren wird; 11 denn euch ist heute der Heiland geboren, welcher ist Christus, der Herr, in der Stadt Davids. 12 Und das habt zum Zeichen: Ihr werdet finden das Kind in Windeln gewickelt und in einer Krippe liegen. 13 Und alsbald war da bei dem Engel die Menge der himmlischen Heerscharen, die lobten Gott und sprachen: 14 Ehre sei Gott in der Höhe und Friede auf Erden bei den Menschen seines Wohlgefallens.

15 Und da die Engel von ihnen gen Himmel fuhren, sprachen die Hirten untereinander: Lasst uns nun gehen gen Bethlehem und die Geschichte sehen, die da geschehen ist, die uns der Herr kundgetan hat. 16 Und sie kamen eilend und fanden beide, Maria und Josef, dazu das Kind in der Krippe liegen.

17 Da sie es aber gesehen hatten, breiteten sie das Wort aus, welches zu ihnen von diesem Kinde gesagt war. 18 Und alle, vor die es kam, wunderten sich über die Rede, die ihnen die Hirten gesagt hatten. 19 Maria aber behielt alle diese Worte und bewegte sie in ihrem Herzen. 20 Und die Hirten kehrten wieder um, priesen und lobten Gott für alles, was sie gehört und gesehen hatten, wie denn zu ihnen gesagt war.

Weitere Bücher der Autorin:

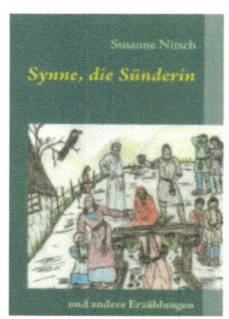

Synne, die Sünderin
und andere Erzählungen

In diesem Buch geht es um die Schicksale der kleinen Leute des 16. Jahrhunderts in Norddeutschland. Erdachte Schicksale, die aber dennoch realistisch vor einem gründlich recherchierten historischen Hintergrund, geschildert werden. Schicksalsschläge wie ungewollte Schwangerschaft Armut, Krankheiten, enttäuschte Liebe, die Probleme sind eigentlich gar nicht so verschieden von den unseren im 21. Jahrhundert. Aber die damalige Gesellschaft und die Gesetze boten kaum Freiheiten für Menschen, die sich der Norm entziehen. Tauchen Sie ein in das 16. Jahrhundert und lernen Sie Synne, Sicke, Göntje und Trienke kennen.

Erschienen bei Books on Demand
ISBN-10: 3842367791
ISBN-13: 978-3842367791

****

Möwen am Horizont

Dieses Buch beschreibt das Leben meiner Mutter, Karin Nitsch geborene Michaelsen aus Friedrichstadt in Nordfriesland. Sie wurde 1938 geboren und verlebte trotz des Krieges eine glückliche und behütete Kindheit, obwohl der Vater und später auch der Bruder in den Krieg ziehen mussten. Diese Geschichte endet mit ihrer Verlobung mit dem Mann, mit dem sie eine lebenslange Liebe, eine 47jährige Ehe und zwei Töchter verband.

Erschienen bei Books on Demand
ISBN-10: 3837025535
ISBN-13: 978-3837025538

Ännlin und ihr Drache Lütter

Die kleine Ännlin findet am Strand ein Ei, aus dem ein kleiner grüner Drache schlüpft. Sie nennt ihn Lütter, weil er so lütt (klein) ist, und versteckt ihn in der Scheune ihrer Eltern. Lütter ist jedoch neugierig und wissbegierig und stellt allerlei Unfug an. Lange lässt er sich nicht verbergen, und es beginnt eine Zeit der aufregenden Abenteuer.

Erschienen bei Books on Demand
ISBN-10 : 3848218720
ISBN-13 : 978-3848218721

****

Katharina von Bora: Mein Leben

Reformationsschicksale Teil 1

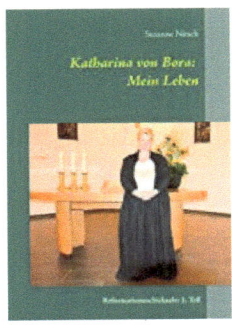

Dieses Büchlein enthält den ersten Teil einer Reihe von „etwas anderen" Reformationsvorträgen. Susanne Nitsch erzählt in der Ich-Form aus dem Leben der Katharina von Bora, der Ehefrau des berühmten Reformators Martin Luther. Es werden weitere Vorträge folgen, zum Beispiel als

Bauernkriegswitwe, als Schwester des Ablasshändlers Johannes Tetzel und anderen Personen.

Erschienen bei Books on Demand
ISBN-10: 3738612203
ISBN-13: 978-3738612202

****

Katharina Luther

Reformationsschicksale Teil 2

Susanne Nitsch schlüpft in die Rolle der Katharina Luther und plaudert über vergnügliche Ereignisse der Reformationszeit, gewitzte Ideen beim Fastenbrechen, Kuriositäten und Anekdoten von und über Martin Luther und vieles mehr.

Erschienen bei Books on Demand
ISBN-10 : 3741290025
ISBN-13 : 978-3741290022

****

Mein Bruder, der Ablasshändler Johann Tetzel

Dieses Buch beschreibt das Leben des Ablasshändlers Johann Tetzel, der sich mit seiner marktschreierischen Art Luthers Unwillen zuzog. Luther verfasste seine 95 Thesen, worauf der Kampf um den "wahren Glauben" begann.

Erschienen bei Books on Demand
ISBN-10 : 3744837823
ISBN-13 : 978-3744837828

****

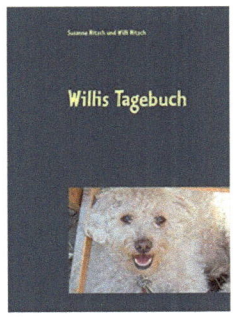

Willis Tagebuch: Das Leben eines ganz besonderen Hundes

Nach dem Tod unserer Mutter befürchteten wir, dass unser Vater ihr vor lauter Kummer bald folgen würde. Aber mit Willi, einem kleinen drolligen Hund, kam wieder Sonne in das Leben unseres Vaters. Willi führte ein vergnügtes Leben, bis eine Tragödie sein Leben erschütterte.

Nach diesem Schicksalsschlag war es wieder Willi, der uns tröstete und uns immer wieder Grund zum Lachen gab. In diesem Buch berichtet Willi von seinem Leben, seinen Erlebnissen, Abenteuern und Streichen, und zeigt reichlich lustige Fotos.
Wir hoffen, dass dieses Buch Ihnen, lieber Leser, viel Freude macht und Ihnen immer wieder ein Lächeln ins Gesicht zaubert.

Erschienen bei Books on Demand
ISBN-10 : 3741211559
ISBN-13 : 978-3741211553
****

DEMNÄCHST:
Kuriosum, Gaudium und Allerley aus dem Mittelalter
Das „etwas andere" Geschichtsbuch – was Sie schon immer auf heitere Weise über das Mittelalter erfahren wollten
****

Aschenputtel, Dornröschen & Co. – wie es wirklich war
Bekannte Märchen, wie sie im Mittelalter erzählt wurden.
****

Cathrine – angeklagt und ausgeliefert
Die Geschichte einer jungen Frau, die der Hexerei angeklagt wird.
****

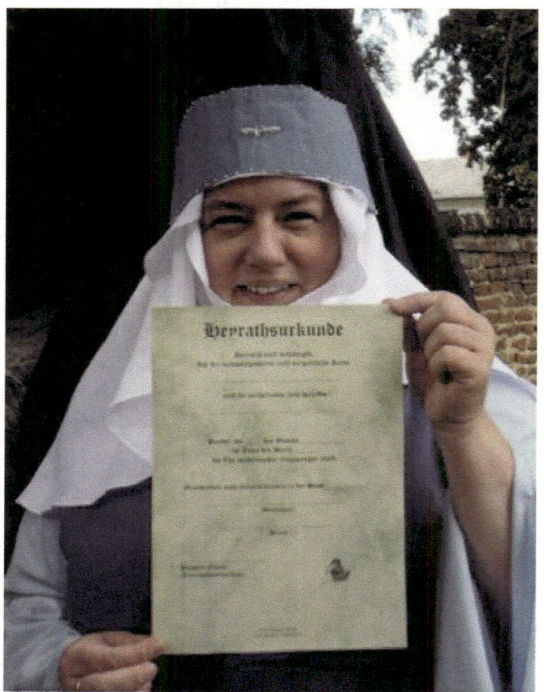

Seit 2012 biete ich auf Mittelaltermärkten und Hochzeits-
feiern mittelalterliche christliche oder keltische Trauungen
an. Diese Trauungen sind nicht rechtsverbindlich, sondern
dienen lediglich dem Vergnügen und der Romantik. Statt des
Ringwechsels gibt es ein kleines Trauritual, das die armen
Leute des Mittelalters vollzogen, und natürlich eine Heyrath-
surkunde.
Die Termine der Mittelaltermärkte, bei denen ich auftrete,
finden Sie unter *www.Susannes-Zeitreisen.de*, Unterpunkt
„Termine“.
Wenn Sie eine mittelalterliche Trauung auf Ihrer Hochzeits-
feier wünschen, schreiben Sie mir bitte an
Susanne.Nitsch@web.de

Reformations-Vorträge

Auf Wunsch halte ich gerne Vorträge über die Reformation. Ob als Katharina Luther, Katharina Melanchthon, als Bauernkriegswitwe, als Schwester des Ablasshändlers Johann Tetzel, als Ottilie Müntzer, oder über mittelalterliche Frömmigkeit. Alle Vorträge halte ich in entsprechender Gewandung und in der Ich-Form, so dass die Zuhörer einen sehr persönlichen Eindruck vom Leben in der Reformationszeit erhalten.

****

Quellenverzeichnis:

„Weihnachten bei Familie Luther" von Christoph Neuner, Bertuch-Verlag

„Luthers Weihnachten" von Elke Strauchenbruch, Evangelische Verlagsanstalt GmbH in Leipzig, Erscheinungsjahr 2011

„Es freuet sich der Engel Schar – 24 Weihnachtsgeschichten um Martin Luther" von Hermann Multhaupt, Benno Verlag GmbH, Leipzig

„ Martin Luther – Es leuchtet wohl mitten in der Nacht. Seine Predigten zu Advent und Weihnachten", ausgewählt, übersetzt und eingeleitet von Peter Manns, topos Taschenbücher

„Die Bibel", Lutherübersetzung. Jubiläumsausgabe 500 Jahre Reformation, Deutsche Bibelgesellschaft

www.wikipedia.de

http://www.zeno.org/Literatur/M/Luther,+Martin/Luther-Bbel+1545/Das+Neue+Testament/Das+Lukasevangelium/Lukas+1

https://www.bibleserver.com/LUT/Lukas2